双葉文庫

ジョニー・ザ・ラビット

東山彰良

目次 CONTENTS

活発で元気な兎、捕まえようとするとおおいに身をもがき、暴れるくらいの兎でなくてはならないのです。雄は大胆不敵な眼をしていることが肝要です。

——ミエ・ロビネ夫人『婦人の田舎家』より

前口上

ないものねだり

CRY FOR THE MOON

むかしむかしのこと
　人間に――
なれなきゃ
死んだほうがましだと思っていた
ハコヤナギの綿毛が
飛ぶ夜に
天使がふらふら
　ふらふら舞い降り
　野性を――
六発の弾丸に変えた
あの樹の下できみが
待っていると知ってはいたけれど
ぴかぴかの真鍮の
　ぴかぴかの弾丸は

リボルバーにおさまり
心やさしきだれかさんの懐に
　おさまり
　月の下――
リコリスの花を摘んだり
カンツォーネ酒場をめぐっては
　意気揚々

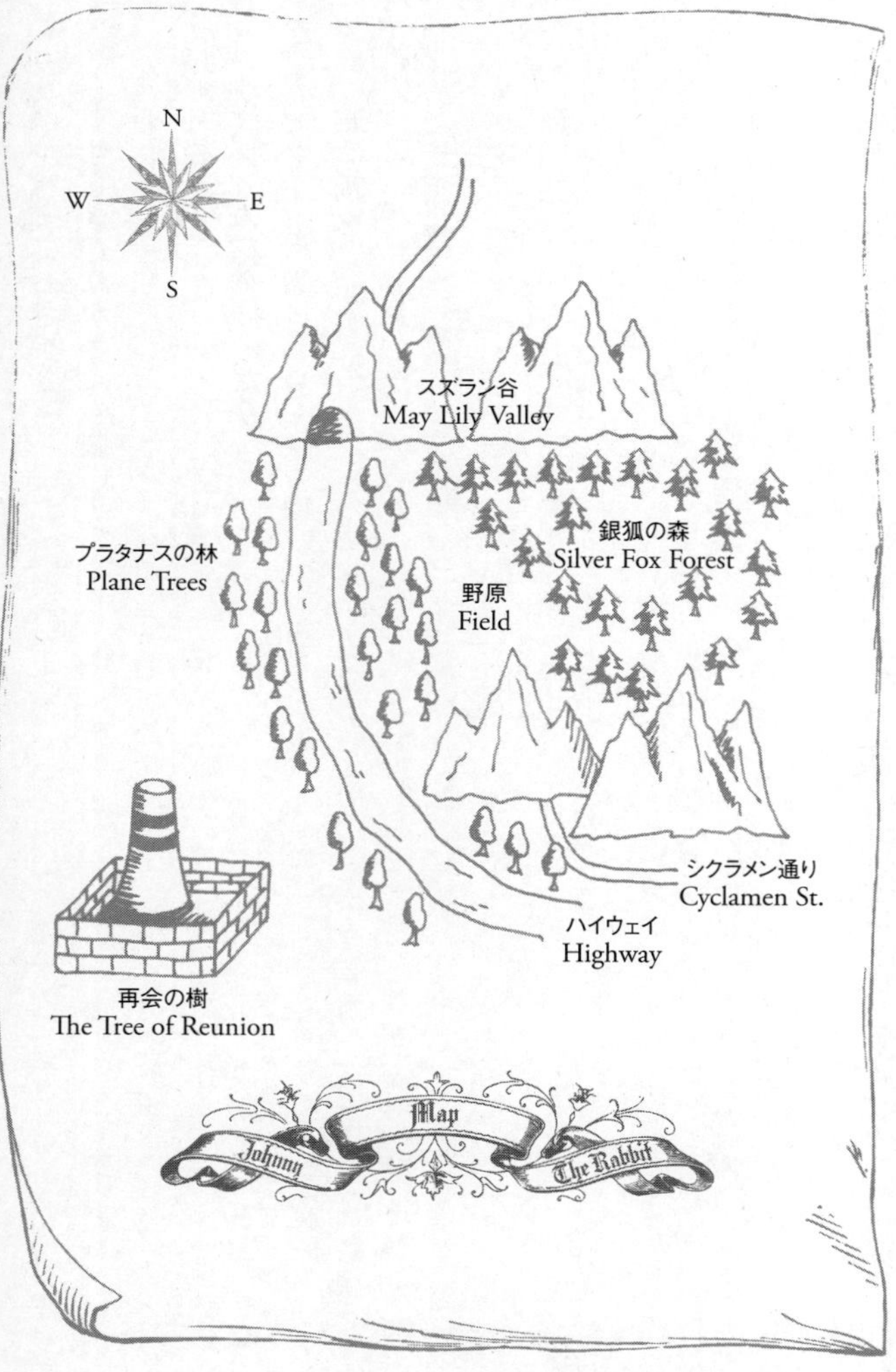
N
W
E
S
スズラン谷
May Lily Valley
プラタナスの林
Plane Trees
銀狐の森
Silver Fox Forest
野原
Field
シクラメン通り
Cyclamen St.
ハイウェイ
Highway
再会の樹
The Tree of Reunion
Johnny
Map
The Rabbit

第一幕

ジョニー・ラビットの兎失格

NO LONGER RABBIT

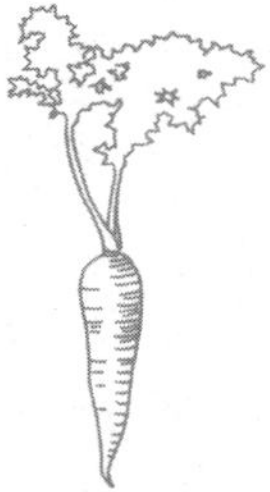

1

シクラメン通り十三番に彼女がやってきたのは、向日葵《ひまわり》も遅咲きの花をつけはじめたころだった。

俺はグラスに入った薄紫色のやつ、朝顔酒《モーニング・グローリー》をちびちびやりながら、むかし聴いたカンツォーネを熱唱していた。ジャンニ・ナザーロの『恋は鳩のように』。ちくしょう、涙が出てきやがる。ドン・コヴェーロが死んでなにが悲しいって、もう二度とカンツォーネが聴けないことくらい悲しいことはない。沈む太陽にあらがうような蝉どもの声を聞いていると、もう明日なんかないって気になってくる。モーニング・グローリーが喉を焼く。こいつは女のストッキングみたいに男を虜《とりこ》にする。うっかり深入りなんかしちまったら、あっという間にあの世いきだ。

ドアがコンコンと二度ノックされたとき、俺はなにか厄介事が舞いこんだなと直感でわかった。長年こんな商売をやっていると、ノックの仕方ひとつでもなんとなくピンとくるようになる。この街のやつはたいてい五回ノックする。七回のやつもいる。でも二回や六回ってのは、あまりにも常識からかけ離れている。前にドアを六回ノックしたやつは、犬に体を食いちぎられてくたばった。

だから俺は歌うのをやめ、じっと息をひそめて返事をしなかった。君子、危うきに近寄らずだ。ノックがまた谺《こだま》し、すこししてドアノブのまわる音がつづいた。くそ、鍵をかけてなかった！

ドアが開き、女が顔をのぞかせて鼻をヒクヒクさせた。

「こちらジョニー・ラビット探偵事務所？」

「ドアにそう書いてあるんなら、たぶんそうなんでしょうね」

「あなたがジョニー・ラビット？」

俺はグラスをかかげた。「ほかにだれかいるように見えますか？」

「あの、どうかしましたか？」

「どうか、とは？」

「ドアの外まで変な声が聞こえたものですから。なんというか、モグラが踏みつぶされたみたいな」

「ああ」俺は椅子から腰を上げ、デスクをまわって彼女をなかに招き入れた。「ちょっと歌を歌ってたんです。それだけですよ」

事務所に入ってきた彼女を見て、思わずのけぞってしまった。

こんな女にはお目にかかったことがない。全身黒ずくめじゃないか。たぶん、フランスあたりからやってきたのだろう。つんとすましかえった長い耳、小柄だけどよく引きしまった体。それに、あの足ときたら！

頭のなかが真っ白になって、考える前に体が動いていた。うしろから抱き寄せると、俺は彼女を床に組み伏せてそのまま一発キメた。

「ああ！　あんたって悪いのね！」

「そうさ！」俺は腰をガッツンガッツンふった。「そのとおりさ、このラビッチめ！」

「お願い、やめないで！」

「ああ……うう……おお……うっ！」

つつがなくことがすむと、俺たちはちょっと毛づくろいをしたり、前足をなめたりした。

「さてと」俺は彼女にソファをすすめた。「ご用件をうかがいましょうかね」

「あなた」彼女は形のいいあんよを組んだ。「若く見えるわ」

女ってやつはすぐこれだ。一発コマしたとたん、まるでこっちの首に鎖でもつけたみたいにふるまいやがる。

「だれの紹介でここを？」

「ご冗談を」笑うと、形のいい耳がゆれた。「あなたがあのドライフルーツ事件を解決したことは、街中が知ってることだわ」

俺は肩をすくめた。

二カ月前のあの事件が頭をよぎる。ハコヤナギの綿毛がまるで雪のように舞っていた。

あらましはこうだ。

やつのお袋の依頼で、俺は行方不明になったアクセル・ラビットの居所を突き止めた。どこでしくじったのやら、アクセルのやつは山を三つも越えた小さな村にとらわれていた。小学校の飼育小屋に閉じこめられていたんだ。高床式だったらちょっとお手上げだったけど、飼育小屋は地面に直接建てられていた。俺たちは穴を掘るのが得意だが、あきらめるのはそれ以上に得意だ。そのせいで、いつも悲しいことになる。あのときもそうだった。アクセルは逃げるために穴を掘った。だけど地中の鉄板にぶちあたるや、とっとと運命を受け入れて隅っこのほうでニンジンなんぞかじってやがった。

俺はドン・コヴェーロが死ぬのをこの目で見ていたから、ちょっとやそっとではあきらめやしない。ドンは指を一本ずつ切り落とされても、マンシーニ・ファミリアのヒットマン、あのラッキーボーイ・ボビーに目をすえ、忘れないからなと言わんばかりに自分のこめかみを血塗られた指でさした。それが男ってもんだ。

「死にたいんなら、まあ、好きにするさ」俺はアクセルのやつに言ってやったね。「でもな、おまえのお袋さんがなんでアクセルなんて名前をつけたか、考えてみたことはあるのかい？」
やつは涙をぽろぽろ流したよ。目を真っ赤にしてね。それからふたりして穴を掘りまくった。やつは小屋のなかから、俺は小屋の外から。逃亡防止の鉄板のせいで、それこそ一晩中掘ったさ。アクセル全開ってなもんだ。掘って、掘って、掘りまくった。夜明け前にトンネルがつながったときには抱きあって泣いたよ。

そもそも、どうしてそんなことになったのか。つまり縄張り意識の強い俺たちが、なんでわざわざ山を三つも越えたのか。

話そう。

アクセルの爺さんってのが、街の食糧流通を牛耳っているジャック・ラビット＆サンズの最高経営責任者《CEO》だったんだ。ニンジン、カボチャ、タンポポ、クローバー、それにどこでどう調達してくるのか、ラビットフードだって手に入れられるほどの大企業だ。そのジャック爺さんが手を出しちゃならないものに手を出しちまった。ドライフルーツさ。ドライフルーツは糖分が多い。そのせいで、みんなぶくぶく太りだした。太りすぎて心臓をやられちまったやつらが腹いせにアクセルをさらい、山を越えて人間の家の前においてきたってのが事の真相だったわけだ。アクセルの証言で肥満体の悪党どもは一網打尽さ。

が、それからがちょっとした騒ぎだった。なんといってもジャック・ラビット＆サンズが公に謝罪したんだからね。で、アクセルを悪の手から救い出し、その悪を生んだ巨悪を白日の下にさらしたこのジョニー・ラビットは一躍時の人……おっと、時の兎になったってわけよ。

「わたしはソフィア・ラビット」そう言って、女はコーヒーテーブルにひと房の毛をおいた。俺のによく似たグレーの毛だ。「捜してもらいたいの。名前はテレンス・ラビット。わたしの弟よ」

俺はその毛のにおいを嗅ぎ、相手に目をすえた。

女は俺の視線をそらさずに受け止めたが、無意識に足で床をトントンたたいていた。

「小松菜二十キロ、白菜二十キロでいかがかしら？　破格の報酬だと思うけど」

「このラビッチ！」俺はテーブルを跳び越え、女の首根っこを押さえつけた。「このジョニー様をだまそうなんざ十カ月早いぜ！」

「嘘なんかついてないわ！」

「足をトントンしてるじゃねぇか！」

「ああ！」ソフィアが身をよじる。「乱暴にしないで！」

「うるせぇ！」

うしろからぶちこむ。

「ああ、あんたって悪いのね！」

「言え！」べらぼうに突いてやった。「さっさとほんとのことを吐きやがれ！」

「ああ、テリーはわたしの弟じゃないわ！」

「それから!?」

「兎の復活教会の信者なの！」

思わず腰を止めてしまった。

「お願い、やめないで！」

俺は動きを再開し、このラビッチをハメ倒してやった。

「ああ、すごいわ！　こんなのはじめてよ。もっと、もっと奥まで……あんたってなんでもお見とおしなのね！」

「ああ……うう……おお……うっ！」あらためて彼女にソファをすすめた。「さて、話を聞こうか」

「それだけよ。復活教会が彼を捜してるの」

「なぜ？」

「あなたには関係のないことだわ」

「そのテリー・ラビットってのは、いついなくなった？」

「かれこれ十日になるわ」

「理由は？」

「さあ」ソフィアは肩をすくめた。「テレンスが見つかったら訊いてみるわ」

俺はソファの下に仕込んでおいた小枝を踏んでみた。パキッという音がした。俺たちが聞き逃すことは絶対にありえないが、人間の耳にはとどきっこないくらいの小さな音。彼女をうかがう。耳どころか、ひげ一本ピクリとも動かない。

キマリだ。

このラビッチは嘘をついている。なにか隠してやがる。幸せな兎は物事を深く考えたりしない。なぜなら考えるということは警戒を怠るということで、肉食動物のディナーになることを意味するからだ。

「それで？　引き受けていただけるのかしら？」

「あんたはシスターなのかい？」

「そう思っていただいてもいいわ」

「なんで最初からほんとのことを言わなかった？」

「教会としては内密に事を進めたいからよ。信者の失踪なんて世間体がよくないから」

「世間体？　へぇえ、兎の失踪なんざめずらしくもなんともないのに？」

「あなたにはテレンスの居場所を突き止めていただきたいの。それだけよ」

「いまごろはだれかの胃袋のなかかもしれないぜ」

「よそをあたったほうがよさそうね」

すっくと立ち上がると、ソフィアは足音も高らかにドアにむかって歩きだした。とんでもなく時間を無駄にしたとでも言いたげに。

行方不明兎の捜索だと？

ケッ、しゃあしゃあとよく言うぜ。このラビッチは嘘をついている。その証拠に、ほら、いまだって鼻をヒクヒクさせてやがる。そして、俺がそのことに感づいていることもちゃんと知っている。なにもかも承知の上で最後のハッタリをカマしてやがる。これくらいのことで尻ごみする男だとは思わなかったわ、でも、どう？　わたしのこの体、忘れられて？

おもしれぇ。

足の速いやつがいる。耳のいいやつがいる。目のいいやつがいる。どれもこれも天から授かった才能だ。鼠と人間《生きとし生けるもの》は自分の才能だけを恃《たの》んでこの世を渡る。勝負に出る。ソフィアは美しい。美しいことがこの女の才能だ。その才能をフル活用してこの俺を、このジョニー・ラビット様をハメようとしてやがる。そんなやつを憎めるはずがない。

「前金で半分、仕事が終わったときに残りの半分」俺は言った。「経費はべつだ」

彼女がふりかえる。

「俺の仕事はこの家出兎を捜し出して、あんたに報告するだけなんだな？」

「そのとおりよ。あなたに迷惑がかかることは絶対にないわ」

「で、どうやってあんたと連絡をとる？」

「こちらからコンタクトするわ。前金がとどいたら仕事をはじめてくださる？」

「いろいろ訊いてすまなかった」俺は立ち上がってドアを開けてやった。「用心深いのは兎の美徳だと思ってるんでね」

ソフィアは鼻で笑い、そして出ていった。

俺はドアを静かに閉め、モーニング・グローリーをグラスに注いだ。

血を吸うのはメスの蚊だし、メス蜘蛛はオスを食う。針で刺してくるのはメスのスズメバチと相場が決まっている。ああ、ソフィア・ラビット、フランスの黒真珠、嘘つきの堕天使。そっちがそう出るなら、こっちだって一歩もひくつもりはないぜ。女の嘘のひとつやふたつでガタついてちゃ、男がすたるってもんだ。

その夜は、そのまま酒を飲んですごした。男の酒だ。

2

花は桜木、男はジョニー。

この浮世に生をうけて早三年（人間でいえば三十歳ってとこだろう）、グレーの毛皮を小粋にまとい、鼻の穴からケツの穴まで兎一匹ここにあり。

だれがこんな俺にした。ドン・コヴェーロ――兎をしびれさせる人間――、男の在り方ってやつを背中で教えてくれたっけ。帳簿係のジミーが金をこっそり懐に入れていたときには、仲間を失うのがどんなにつらいかを教わった。

ドン・コヴェーロとジミー・サーゾは、ドンがまだ〝仕立屋《ザ・テーラー》〟と呼ばれていた時代からの古いつきあいだった。ただの使いっ走りからマフィオーソに昇格したばかりの若かりし日のカエターノ・コヴェーロは、幼馴染みのジミーと組まされて仕立屋の奥でノミ屋を切り盛りしていた。競馬、ドッグレース、闘鶏、野球、バスケットボール、ボクシング、ありとあらゆる勝負事の胴元をやってたんだ。「ほんとにいい時代だった」と、ドンは俺に言った。「なにもかもが新しい朝みたいにキラキラしてた。〝末っ子〟・ジミーには兄貴が四人と姉貴が三人もいたけど、俺とやつは兄弟以上の絆で結ばれていたんだ」

そんな家族同然のジミーがドンを裏切った。ハリケーン・ロニーがルイ・ロペスを破ってヘビー級のチャンピオンになった夜のことだ。祝賀パーティを仕切ったのはコヴェーロ・ファミリアで、俺も同席させてもらった。ハリケーンは愉快な男で、〝ブル〟・ブルーノにつけられたという傷が右目の上にあった。

パーティの帰り道にドンはジミーとふたりっきりになった。「なあ、ジミー、シチリア人でもねぇこの俺がなんでマフィオーソになれたかわかるかい？」ドンは静かに切り出した。「チチとサルのバンディーニ兄弟を憶えてるだろ？　ある日、先代が俺にこう言ったんだ。『カエターノ、わしはあのふたりのほんとの父親になれなかったよ』それだけさ。俺はその日のうちにふたりまとめて始末した。刑務所に入った俺のかわりに、先代はお袋や弟たちの面倒を見てくれたよ」ジミーは涙にくれるばかりだった。ドンはつづけた。「そういうことなんだよ、ジミー。マフィオーソってのは生き様なんだ。信じた男に地獄までもついていく心意気さえあれば」ここでドンは言葉を切り、俺の頭を撫でてくれたっけ。「このジョニー・ラビットだってマフィオーソになれるんだぜ」

ジミーはわんわん泣いた。ドンはそんなジミーを抱きしめ、両頰にキスをし、それからやつの脳天を拳銃で吹き飛ばした。手下どもを使わず、ちゃんと自分の手で。あとでひとりになると、ドンは俺を膝にのせ、体を撫でながら涙をぼろぼろ落としたよ。こんなとき、ドンはなにも言わない。仲間にも、そしてこの俺にも。そこにあるのは強い酒と、葉巻の煙と、悲しげなカンツォーネだけ。男にはそれだけで十分だ。

女のあつかい方だって、ちゃんと教わった。

ドンは女には金と賛辞を惜しまなかったけど、強く出る頃合ってのをちゃんと心得ていた。カミラ・メイのやつは、そこんとこがまるでわかっちゃいなかったんだ。ただのラインダンサーのくせに、ドンが本当に自分のダンスを気に入ってくれていると信じていた。いつも芸術家気取りで、ドンのことを脂ぎった金づるとしか思ってなかった。

ドンが楽屋でカミラをぶん殴ってドレスをビリビリに引き裂いたとき、俺もその場にいた。あのビッチがステージの上から若い客に色目を使ったせいだ。ドンはカミラを化粧台に押し倒し、太いやつをぶちこんでやった。化粧品やらカツラやらが、そこらじゅうに飛び散った。腰をひと突きするごとに、ドンはカミラの顔面を拳骨で殴りつけた。ワイズ・ガイ、つまり組織の幹部になったときに先代から贈られたごっつい金の指輪をしていたから、カミラの顔はたちまち血まみれさ。

スカッとしたね。興奮して足をトントンさせている俺を見て、ドンはウィンクをしてくれたっけ。女ってのは甘やかしちゃいけないぜ、ジョニー、大切にする価値のあるレディってのは地球上でたったのひとりっきりで、男はその女だけをしっかり守ればいいんだ。そう言ってたね、ドンのウィンクは。実際その夜、ドンはかみさんのイザベラが失神するまでかわいがってやったんだからな。

ああ、ドン・コヴェーロ！　カエターノ・コヴェーロ！　あんたがいなくなって、俺は本当に寂しいよ。そして、ジョルジ・マンシーニ。こっちが兎じゃなかったら、くそったれ、てめえなんざとっくに棺桶のなかだぜ！

ドンがラッキーボーイ・ボビーに殺《ばら》された日、俺は複雑骨折するくらい足をトントントントンさせ、ケツに火がついたみたいに部屋中をぴょんぴょん跳びまわった。歯がいつまでもガチガチ鳴りやまなかった。パニックがパニックを呼んで呼吸困難に陥る寸前だった。ドンの右腕だった〝伊達男〟ことトニー・ヴェローゾの死体に何度もつまずいては、頭を壁に打ちつけた。〝伊達男〟・トニーのボルサリーノは穴だらけで、トニーの頭にもおなじ数だけの穴が開いていた。相談役《コンシリアリ》のランド・チンクェッティ、〝オカリナ〟・ソニー、チーロ・フィリオーニ……みんなみんな殺《や》られた。

人間が兎に求めるものは忠誠心なんかじゃない。服従でもないし、ましてや戦闘力なんてジョーク以外の何物でもない。そんなものがほしけりゃ大きな犬でも飼え。兎の哲学をひと言で言えば「ニンジンはしゃべらない」、これにつきる。つまり変な音が聞こえたら一目散に逃げろということだ。だから俺は、このジョニー・ラビットは尻尾を巻いて逃げたんだ。

世界がガラリと変わった。

ふかふかのベッド、時間どおりに出てくる食い物、体を撫でるドンの大きな手、幹部全員で囲む大きな食卓、男たちの笑い声、耳の掃除、ブラッシング、なにもかもが昨日の夢になってしまった。

屋根のないところで明かす最初の夜は、恐ろしくてたまらなかった。俺は猫どもに小突きまわされ、野良犬に食われかけた。ドブ鼠《ねずみ》たちがたすけてくれなかったら、ジョニー・ラビット一巻の終わりだった。ペットが野生化するのはいつだって並大抵のことじゃないが、とにかく俺は運を味方につけることができたわけだ。

下水道に逃げこんだ俺は、しばらく鼠たちといっしょに暮らした。やつらは親切で、気さくで、くさった野菜には事欠かなかった。兎は肉を食わないから、その点でも無用な争いを避けることができた。

俺は野生にもどるために必要なことをゆっくり身につけていった。毒餌の嗅ぎ分け方、危険な音の聞き分け方、自分より体の大きな個体との間合いのとり方。生きのびるためにいちばん大切なこと？　そんなの一に運、二に運、三、四がなくて五に毛づくろいをしないことさ。とくにペットだった兎の場合、とかく毛の汚れが気になるものだ。が、毛づくろいをするということは多少なりとも自分の毛を呑みこむことになる。そうすると呑みこんだ毛が胃の出口に詰まって、だんだんものが食えなくなる。で、気がついたときには天使たちと仲良く空を飛んでいるという按配だ。俺もそれにやられた。片目のボボ・マウスにヘドロのような野菜を食わされなかったら、毛玉を吐き出せずにお陀仏になるところだった。

爪がどんどんのびるのにも閉口した。ちょっとでも爪研ぎを怠ると、すぐにぽっきり折れちまう。のびた爪で自分の体を切ることだってある。ドンの家にいたころは爪切りってやつが大嫌いだったけど、飼い主のありがたみが骨身にしみるとはこのことだった。ところで、片目のボボ・マウスにはずいぶん世話になった。「歯がたつものはすべて口に入れていいもの」という鼠の哲学は脇においとくとして、ボボからは人間の恐ろしさをたっぷり聞かされた。それでも、俺はどこかで人間を弁護していたのだ。ドン・コヴェーロたちは人間を殺すことはあっても動物にはやさしかった。〝伊達男〟・トニーが拳銃の手入れをしながら小鳥にパン屑をやっていたのを思い出す。

ある日、俺はボボの正しさを目のあたりにした。当時、界隈にはガストンってやつをリーダーとする猫グループがあった。鼠を殺すことに無上のよろこびを感じているような右翼野郎どものあつまりだ。ボボの左目もこのガストンにおもしろ半分にえぐられた。その日、俺とボボはキャベツの腐臭に惹かれて下水道の排水口まで遠出をした。排水口は水のない河につづいていて、そこに人間の少年たちがいた。少年は三人いて、みんな十二歳くらいに見えた。そのうちのひとりが、持っていた大きな麻袋を干上がった河床においた。口の縛られた麻袋はうねうね動いていて、なかからニャーニャーという鳴き声が聞こえた。少年のひとりが野球のバットでおもむろに麻袋を殴ると、聞いたこともないような悲鳴が麻袋を突き破った。いつだったか〝オカリナ〟・ソニーがチーロ・フィリオーニの耳を削ぎ落としたことがあったけど、あのときのチーロの悲鳴が子守唄に思えるほどだった。少年たちはゲラゲラ笑った。そんなものでは足りないとばかりに、つぎの少年が大きなブロックをひろってきてまだうねうね動いているところにたたきつけた。少年たちはバットやブロックで、これでもか、これでもか、と麻袋を殴りぬいた。悲鳴がやんでからも殴りに殴った。それから煙草に火をつけ、自転車で走り去った。

俺とボボは排水口を出て麻袋のところにいってみた。血のなまぐささに誘われて、いつの間にかほかの鼠たちも寄ってきていた。ボボが袋を咬み開くと、そこにはすっかりぺちゃんこになったガストンたちがいた。

「おやおや」と、ボボ・マウスは両手をこすりあわせて俺を見た。「今日はご馳走だな」

そのときはじめて、やつの体からにじみ出ている死んだピクルスのようなにおいに気がついた。俺は悟った。もし俺がくたばるようなことがあれば、鼠どもはこのジョニー・ラビットのことも胃袋に納めてしまうだろう。

殺されたガストンたちに群がる黒い影に背をむけ、俺は歩きだした。今度は自分の足で。しっかりと大地を踏みしめて。

そして、シクラメン通り。

人間の耳には美しく聞こえるかもしれない。寒くなれば通りの両側に赤やピンクのシクラメンが咲き乱れていそうだし、たしかにそのとおりだ。だけど俺たち兎にとって、シクラメンは毒なんだってことを忘れちゃいけない。美しくもなんともない。だれもこんなところに住みたがらない。通りに一歩出れば、また無事に帰ってこられる保証なんてどこにもない。三百六十度、どっちをむいても堕落と貧困と絶望ばかり。シクラメン中毒の男たちは日がな一日、厄介事を探してうろつきまわっている。女たちも女たちの厄介事を血眼《ちまなこ》になって探している。子どもたちにだって子どもたちの厄介事がちゃんとある。路地裏のサイコロ賭博《クラップス》、喧嘩、かっぱらい。俺のような日陰者にはぴったりの場所。地獄まで歩いて二分。ここ以外にはもう、ボボ・マウスたちの下水道しかない。

そして、ジョルジ・マンシーニ。

俺は祈る。来世では人間に生まれ変われますように。兎でも、鼠でもなく。それまで生かしといてやるよ、マンシーニ。

3

陽が落ちたら出かけよう。

俺はまずロイの店にいってみた。シクラメン通りのはずれにある、地獄にいちばん近いバーだ。

薄暗い店に入ると、鼻が勝手にヒクついた。小便のにおいがうっすらと漂っている。よし、異常なしだ。顔なじみの酔っぱらいに声をかけてから、俺はカウンターの真ん中あたりに空きを見つけた。

「よう、ジョニー」ロイ・ラビットがやってきた。「いつもの朝顔酒かい?」

「ああ、男の酒だ」俺は煙草に――琵琶《びわ》の葉を巻いたラビット・ロールに火をつけた。

「元気かい、ロイ?」

「絶望さえしてなけりゃ、元気だろうが死にかけてようが、なんとかやっていけるさ」

ロイは首をふりふり俺の前にグラスをおき、モーニング・グローリーをたっぷり注いだ。

「聞いたかい?」

「なにを?」

「また五匹死んでたってよ」

「ほんとか?」

「今日はその話題で持ちっきりさ。再会の樹が青白く光るのを見たってやつもいるぜ」

「これで三回目か」

「最初が七匹、つぎが十二匹だ」

「ちくしょう、人間どもがまたなにかしくじったのかもな」

「そのツケを払うのはいつも俺たちだ」ロイは溜息をついた。「なぁ、ジョニー、ほんとは知ってるんだろ？」

俺は酒を飲み、ロイの言葉を待った。

「あんたは人間のことならなんでも知ってるじゃないか。言葉だってわかるって話だぜ。あの再会の樹ってのは、ありゃいったいなんなんだい？」

「電気って知ってるかい、ロイ？」

「人間どもの街を明るくしてる火の玉だろ？」

「人間は闇におびえる生き物なんだ。でも中途半端な明るさじゃ、もっと不安になるのさ。わかるだろ？」

「ああ、鷹や狐の目にとまっちまうからな」

「そのとおりさ、ロイ。だから人間どもは鷹や狐もブルッちまうくらい街を明るくしなきゃならないんだよ。百万個の火の玉でな。俺たちが再会の樹って呼んでるあの高い煙突はな、その火の玉のもとをつくる装置なんだそうだ」

「でも、なんでそれで兎が死ぬんだい？」

「ドン・コヴェーロが言ってたよ、どこか遠い国であの煙突が倒れてみんな死んじまったって。チェルノブイリって言ってたかな。とにかく川がくさって、草がくさって、土がくさって、風までくさっちまうんだ」

「おいおい、そいつがほんとなら俺たちはこんなところでなにやってんだ？」ロイは足をトントンさせた。「こんな街、とっとと出ていかなきゃ！」

「落ち着けよ、ロイ」俺は酒を飲み、煙草《ロール》を吸った。「この地球上、どこにいったって
びっしり人間だらけさ。もし地球にケツの穴があるなら、そこにだって人間は住んでる
ぜ」

横槍が入ったのはそのときだ。

「あんた、人間のことに詳しいみてぇだな、え？」

俺はとなりのスツールにへばりついている酔っぱらいに目をむけた。

「やめろよ、アル」ロイがたしなめた。「こいつはジョニー、俺のダチだぜ」

「俺はな、ロイ」と、酔っぱらい。「この野郎に話してんだぜ」

「だから、アル、やめろって……」

俺は手でロイ・ラビットを制し、酔っぱらいに言った。「人間が嫌いみたいだな」

「嫌いみたいだな？　嫌いみたいだな、だって？」言うなり、酔っぱらいは前足をカウンターの上にドンッとおいた。「これを見てもおめえは『嫌いみたいだな』って言うつもりかい？」

酔っぱらいの右前足は、くるぶしのすこし上から切断されていた。

「人間にやられたのかい？」

「兎の足が幸運を呼ぶんだとよ。そんな馬鹿な話があるかい？　人間が金持ちになろう

がドブのなかでくたばろうが、俺の足となんか関係があんのか?」

「えらい目に遭《あ》ったたな」俺は酔っぱらいのグラスを指さした。「ロイ、こちらに一杯たのむ」

「人間をひとりでもぶっ殺せるんなら、俺は孫の魂まで悪魔にくれてやるぜ」酔っぱらいはまるでこの俺を飲みほそうとするかのように、俺の買ってやった朝顔酒を飲みほした。「おめえは人間が好きなんだろ、え? そうにちげぇねぇや。おめえは人間が好きなんだ!」

「悪いやつってのはどこにでもいるもんさ」俺は酒をすすった。「運が悪かったんだよ、あんた」

「いったいぜんたい兎のことはどう思ってんだ?」

「人間とおんなじさ。いいやつもいれば、そうじゃないやつもいる」

「おめえみてぇな野郎は生まれ変わったら人間になりてぇんだろうな、え?」

「兎はちっぽけだからな」

「兎の風上にもおけねぇや!」

「人間だろうと、兎だろうと」俺は言った。「本物の男はほんのひと握りで、あとは腰ぬけだ」

酔っぱらいは空になった自分のグラスをにらみ、壊された前足をにらみ、そして大声で叫んだ。

「おい、みんな！　生まれ変わったら人間になりてぇって野郎がここにいるぞ！　人間の男に抱かれたいってオカマ野郎だ！」

店にいた全員がいっせいに怒鳴りだし、床をドンドン踏み鳴らした。

「兎失格！」だれかがわめくと、すぐにだれかがつづいた。「俺の親父はな、人間の犬に咬み殺されたんだぞ！」

「ああ、あたしが男だったらね！」カウンターの端にいた女が金切り声をあげた。「こんなやつ、絶対ほっとかないのに！　だれかこいつを通りのむこうまで蹴飛ばせる男はいないの⁉本物の男がさ！」

スツールから降りると、怒号のなか、俺はその女のところへ歩いていった。女は太っていて、毛なみが悪く、目にヤニがたまっていて、前歯をむいて俺のことをののしりまくった。

「女を殴るの⁉　やれるもんならやってごらん！　あんたみたいなやつにできることなんて、せいぜい女を殴ることだけだもんね！」

鼻に一発食らわせると、女がスツールからころげ落ちた。

店中が静まりかえった。

俺は女のうしろにまわり、尻を抱え上げ、いきりたったイチモツをそのただれたプッシーにぶちこんでやった。

「さあ、文句のあるやつはかかってこい！」腰をふり、女の尻を殴りつけながら、俺は店中の男をひとりひとりにらみつけた。「このジョニー・ラビットが相手になるぜ！」

だれもかかってはこなかった。みんな自分の酒を飲んだり、なにかを考えこんだり、後足で背中をぽりぽりかいたりしていた。酔っぱらいのアルでさえ、どこでもないどこかを見ていた。

兎どもにはうんざりだ。

こいつらには死というものがわかってない。再会の樹で死んだ兄弟たちだって、たぶん自分が死んだってことすらわかってなかったはずだ。だから、死をまるで神のように畏《おそ》れる。どっこい、このジョニー・ラビットはちがうぜ。人間や兎をコケにするように、死だってコケにしてやる。死がやってくる前にこっちから出むいてやる。

「ああ、あたしが男だったらね！」

俺は子どもを五百六十匹も産んだプッシーにぶちまけ、テーブルのあいだをぬって店を出た。煙草に火をつけたところでロイが追いかけてきた。

「おい、ジョニー、いまのはあんまりだぜ！」

「わかってるよ、ロイ」

「そりゃ、あんたの言うことはまちがっちゃいねぇかもしんねぇさ。考え方ってやつは人それぞれだ。あんたが人間好きでも俺はかまわねぇ。けどな、言っていいことと悪いことがあるだろ」

「俺はだれのことも好きじゃないよ」

ロイは二の句が継げなかった。

「兎どもに足りないものがなんだかわかるかい、ロイ?」

「言えよ」

「俺にもわからないんだ」

「……………」

「もしかすると、それは人間の言う愛ってやつなのかもしれない」

「あい?」

「俺の見るところ、人間どものよろこびも悲しみも憎しみも、根っこにあるのはこの愛ってやつなんだ」

「よろこびや悲しみや憎しみなら、俺たちにだってちゃんとあるぜ」

「そうじゃない。俺たちの感情の根っこにあるのはな、ロイ、無関心と満腹感と空腹感だけさ」俺は煙草を吸った。「さっきのを見てたろ? だれも俺をぶっ飛ばそうとしやしなかった。そうしなきゃならない意味がわからないんだ。臆病なんだよ」

「臆病のなにが悪い? それだって生きのびるためじゃないか」

「生きのびることより大切なことだってあるぜ」

「そいつはちがうぜ、ジョニー。生きのびることが肝心なんだ。すべては生きのびるためさ。人間どもみたいに仲間同士で殺しあうことの意味なんか、俺たちには永遠にわからなくていいんだよ」

「たぶん、あんたの言うとおりなんだろうな」俺は肩をすくめた。「俺はただ愛ってやつの正体が知りたかっただけなんだ。ただそれだけさ」

「でも、俺たちは兎なんだぜ！」

「そうだな。狂ってるのはきっと俺のほうさ」

「あんたのそういうところ、俺は嫌いじゃないぜ」ロイが言った。「けど、とうぶん店にはこないでくれ」

「ある男を捜してるんだ、ロイ」俺はテリーの毛を差し出した。「名前はテレンス・ラビット。兎の復活教会と関係があるらしい」

ロイは鼻をくんくんさせ、首をふった。「なにかわかったらこっちから連絡するよ」

「すまん」

「さっきのはあんまりだよ、ジョニー、あんまりだ」

そう言い残して、ロイは店にもどっていった。

煙草を吸い、月のない夜空を見上げる。

新月。

月光は闇を照らし、兄弟たちを危険にさらす。人間は輝く月を眺めてやさしい気持ちになり、兎はフクロウの爪にかかって命を落とす。愛は右手にカンツォーネ、左手に拳銃を持っている。

ゴミバケツの裏や花びらの陰に愛のかけらを探しながら、俺はぶらぶら歩いてシクラメン通り十三番まで帰った。


「我が主は愛さ。愛を忘れちゃ人間おしまいよ」

ドン・コヴェーロは毎週教会へかよったが、俺を連れていってくれたことは一度もない。ドンと〝伊達男〟・トニーが教会へ入ってしまうと、俺はいつもキャデラックのなかで運転手のアレン・ジャクソンとふたりっきりになるのだった。

アレンは黒兎のような黒人で、俺のことを心底嫌っていた。嫌っているといえば、アレンのやつはドンのこともトニーのこともカンツォーネも平等に嫌っていた。ふたりきりになると、ドンにバレないような意地悪をよくされたものだ。マスタードのたっぷりついたサンドイッチを食わされたり、耳をつかんでふりまわされたり、ラップ・ミュージックをガンガンかけたり、いつかおまえを食ってやるからなと小突かれたりした。こっちだって、ただ黙ってやられていたわけじゃない。このジョニー・ラビットはそんな腰ぬけじゃない。やられたら、やりかえす。くさってもマフィオーソだ。俺はやつに咬みついたり、後足で蹴ったりした。アレンが車を離れた隙に、やつのコーヒーカップにクソをしてやったことだってある。ころころの丸いやつだ。アレンのやつはそのコーヒーを飲み、変な顔をして口のなかでたっぷり味わい、それから車の外にゲーゲー吐いたっけ。

それはそれとして、ドンは俺を教会に連れていけない理由をこう説明していた。「なあ、ジョニー、キリスト教の迷信なんだよ。おまえが淫乱の象徴なんかであってたまるかってんだ、このカエターノ・コヴェーロの右腕のおまえがよ」

だから、俺は兎の復活教会にいってみることにした。いい機会だ。ここらで一発、神とご対面ってのもいいだろう。ドンの感じからして、イエスってやつは愛についちゃ一から十まで知ってるみたいだし。だって教会から出てくるときのドンの顔ときたら、いつでもかみさんを昇天させたあとみたいに晴れ晴れとしてたんだからな。

それにしても皮肉じゃないか。兎を排斥する人間の宗教に、ほかならぬ兎どもが救いを求めているなんて。

三日月の夜道を歩いていると、いきなりうしろから抱きつかれ、生温かいものをケツに押しつけられた。

「ファック、ファック、ファーック！」

〝勃《た》ちっぱなし〟・エディだ。俺のケツでイチモツをゴシゴシしごいてやがる。

「放しやがれ、馬鹿野郎!」俺は後足でやつの下腹を蹴り上げ、体をふりはらった。「くそったれ、エディ! 今度俺のケツを狙いやがったら、てめえのポコチンをひっこぬいてやるからな!」

「ご、ごめんよ、ジョニー」エディは股間を押さえて丸くなった。「あんたのケツがあまりにも素敵だったもんだから、おいら、おいら……」

「二度とそんなこと言うんじゃねぇ!」

「ごめんよ!」

「シッ!」

エディが両手で口をふさぐ。

遠くでフクロウの声がして、俺たちは楠《くす》の樹の洞《うろ》に身を隠した。しばらく耳を立てていたけど、なにかが起こる気配はなかった。

「ごめんよ、ジョニー」エディがささやく。「おいら、もうこんなことしないからさ」

「もういいよ、エディ。こっちこそ怒鳴ったりして悪かったな」

「この前の質問、考えてくれたかい?」

「ああ、まあ、その……まだファックさせてもらえないのかい、エディ?」

「理由が知りたいんだ」エディは苛立たしげに足をトントンさせた。「ラビッチどもは年中さかりがついてるのに、なんでおいらにだけファックさせてくれないのさ?」

「見る目がないんだよ」

「ちがうね! だってよぼよぼの婆さんだって、おいらが近づくとまるで娘っ子みたいに逃げちゃうんだぞ!」

「なあ、エディ、おまえは男前だし、気持ちだってやさしい。正直、俺にはラビッチどもがなんでおまえにだけファックさせないのか見当もつかないよ」

思わず本音を口走ると、エディのやつがおいおい泣いた。

「でもな、世のなかそんなもんなんだよ。わからないことだらけさ」俺はやつの肩に手をおいた。「泣くな、エディ。俺が人間のところに長くいたのは知ってるな?」

洟《はな》をすすりながら、エディがうなずく。

「人間にはな、おまえみたいなやつがたくさんいるんだ。どこも変じゃないのに、なぜか女には見むきもされないんだ。俺の相棒のドン・コヴェーロはそんなやつらの味方だったよ。金さえ払えば、いくらでも女を抱ける家を何軒も開いてたんだ」

「ほんとかい? 人間ってのは金を払ってファックするのかい?」

「そうさ。人間どもはファックするのもひと苦労なんだ。俺たちみたいにやろうと思えばいつでも……あ、いや、ラビッチどもみたいにすぐにだれとでも……あ、いやいや、そういう意味じゃなくてね」

「なんで……」エディがまたしくしく泣いた。「なんでおいらだけだめなんだよぉ」

「俺が言いたいのはな、エディ、だからこそファックってのは人間にとって意味を持つってことなんだ。なにかがたっぷりあるときは、それが持つ意味なんて見えやしない。ファックだってそうさ。ほんとはものすごく大切なことなのに、俺たちには屁をこくほどの意味もない。考えようによっちゃ、おまえはラッキーなんだぜ。愛ってのは欠乏から生まれるもんさ」

「あい？ なんだい、それ？」

「幸せな気持ちのことさ」

「幸せな気持ちなんてお呼びじゃないね！ おいらがほしいのは、ちっちゃくてかわいいプッシーだけさ！」

エディにテリー・ラビットの毛を嗅がせてみたが、やはりなんの収穫もなかった。ちっちゃくてかわいいプッシーのにおいだけがエディの鼻をひとり占めにしているのだ。

俺はそそくさと教会へいった。

「神に姿形はない！ 私は断言する。**神に！ 姿形は！ ない！**」

牧師ラビットが拳をふると、会衆席がひとつになって、ライト・オン《そのとおり》、と応えた。

「私は人間の神を見てきた！ 人間の神は人間の形をしていた！」

黒い兎がオルガンを小さな音で奏でていた。

「人間は自分たちこそが神の似姿だと思っている！　ならば、それを証明してみるがいい！」

「ライト・オン！」

「ユダヤ教時代の神は万物を絶対的な高みから支配していた。神はだれにも似ていなかった。それがキリストの出現によって神は姿形をあたえられた。そして、それは人間の形だった！　それから、ヘーゲルという男があらわれた！　ヘーゲルは神が人間をつうじて自らを実現させようとしていると考えた。歴史の終点で人間が神そのものになるのだと、この狂った男は考えたのだ！」汗をほとばしらせた牧師ラビットは言葉を切り、会衆席を見渡した。「そして、フォイエルバッハだ！」

信者たちが床をドンドン踏み鳴らす。

「こともあろうか、このフォイエルバッハという狂人は人間こそが全知全能の神だと、神とは人間の偉大さを外部に投影したものにすぎないのだと言いだしたのだ！」牧師ラビットは声をふりしぼった。「道理で人間が好き勝手に地球を壊すわけだ！　道理で人間が我々の兄弟《ブラザー》たち、姉妹《シスター》たちを好きに殺すわけだ！」

俺はいちばんうしろの席にすわっていた。いちばんうしろにすわっていても、牧師ラビットの気迫に吹き飛ばされそうだった。

「しかし、神はだれにも似てない！」信者のひとりひとりを指さす。「おまえや！　おまえ！おまえ！　おまえ！　おまえたちのパパやママ、ブラザーやシスターを殺していいなんて言う、**人間の！　形をした！　神なんか！　どこにも！　存在しない！**」

「ライト・オン！」

「ワン、ツー、スリー！」牧師ラビットの合図で黒い兎がオルガンをジャンジャン弾きまくる。「私は言う、**兎の！　復活は！　イエイ！　近い！**」

「**ハレルヤ！**」

祭壇のうしろにひかえた聖歌隊《クワイア》が歌いだし、信者たちがいっせいに立ち上がる。

牧師ラビットはシャウトし、まるで悪魔のように神を讃える言葉をわめき散らした。怒りに満ちたオルガンの音、屋根を持ち上げるほどの聖歌隊の合唱《コーラス》、一丸となって歌ったり飛び跳ねたりのブラザー＆シスターたち。どいつもこいつもなにかにとり憑《つ》かれたみたいに虚ろで、同時に満たされていた。

このぶんなら、兎たちが愛を知る日もそう遠くないだろう。

俺は外に出て煙草を吸い、騒ぎが静まってから牧師ラビットに会いにいった。

野原を渡る風はサルビアの香りをふくんでいた。

教会からぞろぞろ出てきた兄弟たちが、まるで沈むように青白い夜のなかに消えていく。信者たちとの挨拶がひと段落ついたのを見計らって、俺は牧師ラビットに話しかけた。

「いやぁ、大変ためになるお話でした」

「あなたにも神のご加護を」牧師ラビットはおだやかに会釈した。どうやら神のファンキーなパルチザンはもう店じまいのようだ。「こちらへは今夜がはじめてですか？」

「はい」俺たちは握手した。「へーゲルってやつの話がおもしろかったです。博士ラビットのほかにも人間のことをこんなに知ってる兎がいるなんて。知ってますよね、プラタナスの林の博士ラビットのことは？」

「私は人間に育てられたのですよ。博士ラビットのように彼らの文字までは読めませんがね、言葉はなんとか理解できます」牧師ラビットは微笑した。「私を育ててくれた方は大学で神学を教えていたのです。とてもよい方でした。残念なことにもうこの世にはおりませんが」

「道理で」と、俺。「じつは俺も人間に育てられたんですよ」

「おお、そうでしたか」

「俺の飼い主も、もうこの世にはいませんがね。マフィアに殺されたんです」

牧師ラビットの目が丸くなった。「あなたも？」

「え？　ということは……」

「ええ、私のほうもマフィアにやられました。悲しいことです。私の飼い主はマフィアの撲滅運動に真剣に取り組んでいたのです」

「そのせいで?」

「ブライアンは……私の飼い主は車に爆弾を仕掛けられました。そのとき奥さんのポーラは妊娠していたのですが、窓から身を投げてしまわれました」

「ひどい話です」

「マフィアは卑劣なやつらです」牧師ラビットは足をトントンさせた。「当時、ちょうど電力の民営化法案が下院をとおったばかりでした。マフィアどもは新しい原子力発電所の建設に一枚嚙もうとしてたんです。架空の会社までたちあげて。私の飼い主はそれを阻止しようとしてました。法案は可決された。あとはもう原発そのものに反対するしかない。ブライアンは建設中の原発の設計図を手に入れたんです。私にはわかりませんが、これでマフィアどもを電気ビジネスから締め出せるとポーラに話してました。やっと苦労がむくわれると。想像ですが、たぶん設計図になにか致命的な欠陥があったのではないでしょうか」

気がつくと、俺も足をトントンやっていた。トントントントン。牧師ラビットの記憶と俺自身の記憶が折り重なって、そのときの光景がまざまざと蘇《よみがえ》った。

「しかし、ブライアンにはわかっていたんです。自分が殺されるかもしれないことが」

牧師ラビットは先をつづけた。「それで自分に万一のことがあったときにそなえて、設計図を添付したレポートをギルバート・ロス上院議員に送っていたんです。ロス上院議員は原発建設を請け負ったマフィアのボスを死刑台に送ることを望んでいましたから」

俺は唾を呑み、粘つく口をこじ開けた。「で、そのボスってのは……」

「コヴェーロ・ファミリアのカエターノ・コヴェーロという悪党です」

「……」

忘れるはずがない。

あのくそったれのブライアン・グリーンとくそったれのギルバート・ロスのせいで、ドン・コヴェーロは巨大な損失をこうむったのだ。コヴェーロ・ファミリアの存亡を賭けた一世一代の大勝負だったのに。ギルバート・ロスがドンを死刑台に送りたがっていた？　ハッ、そりゃそうだろうな！

「でも、あんたの飼い主はどうやら犬死したみたいだな、え？」

牧師ラビットの口がポカンと開いた。

「けっきょく電力民営化法案は上院でも可決された」俺は山の麓《ふもと》を指さした。「なにが見える？」

「なにを……」

「兎どもが再会の樹と呼んでるもんが見えるだろうが。くそったれマンシーニ電力の、くそったれ原発一号機がよ！」

「し、しかし」牧師ラビットは目をパチクリさせた。「すくなくともブライアンはヤクザ者を電気業界から締め出したんだ」

「はーはっはっは！」

とどのつまり、ドン・コヴェーロは前時代の人間だったってことだ。俠気《おとこぎ》一本で、なにかを手に入れるには血を流すしかなかった時代のおぼろげな影だったのだ。マンシーニの蛇野郎みたいに、小ずるく立ちまわれやしない。ドンはよく俺に言っていた。「なあ、ジョニー、俺はろくなもんじゃねぇ。けどな、子分どもの腹をすかせるわけにゃいかねぇんだ。このカエターノ・コヴェーロに命をあずけてくれたやつらをそんな目に遭わせられねぇよな？ まあ、生まれ変わったら、つぎは驢馬《ろば》にでもなるさ」

「ひとつ教えといてやるよ」俺は顔から笑みを消した。「ロスのくそ野郎はジョルジ・マンシーニの従兄なんだよ。そんで、くそったれのマンシーニがヤクザじゃないってんなら、アル・カポネだってただの酒屋のとっつぁんだぜ」

牧師ラビットがあとずさりした。

「あんたにはわかってねぇことがある。兎どもの復活なんざ、この世の終わりまでありえねぇってことさ」

「な、なにを根拠にあなたはそんな……」

「黙れ！　黙って俺の話を聞きやがれ！」俺はやつに拳骨を突きつけた。「復活ってのはな、滅びのあとにやってくるもんなんだよ。人間どもがキリストを発明したのは、そこんとこがよくわかってたからさ。新しい世界を創りたいんなら、一度なにもかもをゼロにもどさなきゃならねぇんだ。キリストはそのための大いなる比喩《メタファ》なんだよ」

牧師ラビットはなにも言わなかった。得体の知れないものでも見るような目つきで俺のことを見るばかりだった。

「兎どもは復活なんざしやしねぇ。絶対にな。滅びる覚悟なんかまるでねぇんだからよ。あんたの説教に足りねぇもんがなんだかわかるかい？　え、牧師さんよ」

「なんだね？」

「愛だよ」

「………」

「滅ぼすのも愛、復活するのも愛さ。人間の悪口さえ言ってりゃ馬鹿な兎どもがわんさか聞きにくる。けどな、教会を一歩出りゃみんなきれいさっぱり忘れてんだ。あんたはずっとおなじことを唱えてりゃいいわけだ。歌って、おどってよ。ハッ、こんなボロい商売はないぜ。賭けてもいいけど、あんた、ずっとおんなじ説教をやってんだろ？　ちがうかい？　兎どもに必要なのはな、神は兎の姿をしてるって堂々と言い切ることさ。それくらい愛に苦しめられることとさ」

言うだけ言ってしまうと、俺はやつに背をむけて歩きだした。

「あなたはいったい……」わななき声が背中にあたる。「どうしてあなたはジョルジ・マンシーニのことを知ってるんですか?」

俺は足を止め、煙草をくわえて火をつけた。

どうやら無駄足だったようだ。こんな気の小さい野郎が悪党なわけがない。ほかの兎どもといっしょだ。口ばかり達者だが、てめえが傷つくかもしれないとなるや、尻尾を巻いてとっとと逃げ出すだろう。こんなやつがテリーの失踪に一枚嚙んでいるとは思えない。ましてや黒幕だなんて。

「あなたの飼い主というのは、もしかして……」

「なぁに」俺は星空に煙を吐いた。「ただの男さ」

つぎの晩も無駄にうろつきまわった。

方々でテリーのことを尋ねたが、なんの手がかりも得られなかった。兎を支配しているのは無関心と満腹感と空腹感。つまり、世界の終わりまでだれもほかのやつのことなんか気にしちゃいないってことだ。

明方近くに事務所にもどると、いつもとちがうにおいがした。鼻をヒクつかせる。どうやらロイ・ラビットが立ち寄ったみたいだ。

俺は疲れた体に鞭打って、シクラメン通りをぴょんぴょん跳ねてロイの店までいった。店はもう閉まっていた。

「よう、ロイ」

「入れよ、ジョニー」カウンターを拭いていたロイがグラスにモーニング・グローリーを注いでくれた。「ずいぶんひさしぶりだな」

ちょっと説明しておこう。

俺がこの店で暴れたのは三日前のことだ。だけど人間の寿命を八十年、兎の寿命を八年としたら、俺たちの三日は人間の三十日ほどに相当する。

俺は朝顔酒をグッとあおった。

「なんかわかったのかい、ロイ？」

「そいつはなんとも言えないな」

「話してくれよ」

「昨日、客が話してるのを聞いただけなんだ」そう言いながら、ロイは酒を注ぎ足してくれた。「スズラン谷を知ってるだろ？」

「スズラン中毒のやつらの吹きだまりだ」

「最近、そのスズラン谷を妙な連中がうろついてるらしい」

「妙な連中？」

「スズランには絶対に手を出さず、ジャンキーどもをあつめては説教をしてるらしいんだ」

「その客ってのはスズラン谷からやってきたのかい？　銀狐のいるあの野原をとおって？」

「ほんとはプラタナスの林をまわってきたのかもしれんが、俺はやつの言うことを信じるね。だって、もう半分死んでるようなやつだったんだぜ」

「生きのびるのはいつだってそんなやつさ」

「そいつの話じゃあ、連中、兎の真の復活を説いてまわってるらしい」

ビンゴ！

ロイはカウンターに紙切れをおいた。「そこへいってみな」

俺はその紙切れをつまみ上げた。〝スズラン谷六番　スリム・ラビット商会〟

「連中、その店でモーターを買っていったそうだ」

「モーターって、人間の？」

「おっと」ロイ・ラビットが降参のポーズをとる。「俺は噂話を小耳にはさんだだけさ」

紙切れをポケットにしまってから、俺はニンジンを三本ばかりカウンターにおいた。

「恩に着るよ、ロイ」

「なぁに、おたがい生きていくのは楽じゃないさ」

俺は酒を飲みほした。

「もう一杯どうだい？」ロイが言った。「店のおごりだ」

つぎの晩、身支度を整えて、さあ出かけようというところで事務所のドアがバンッと開いた。

つかつかと俺の前までやってくると、ソフィア・ラビットはだしぬけにこうきた。

「あなたはもうクビよ、ジョニー・ラビット！」

「どうしたんだい？」

「なぜ教会へきたの？」

「まずかったかい？」

「質問に答えて！」

「捜査の鉄則さ。まずは身内を疑えってね」俺はモーニング・グローリーをふたつのグラスに注いだ。「だけど、安心していいぜ。あの牧師様はデイジーについた朝露みたいに潔白さ」

「あなた、牧師様に『復活は滅びのあとにやってくる』って言ったそうね」

「あんた、牧師様のコートのなかにでも隠れてたのかい？」

「茶化さないで！」ソフィアの目に力が入る。「そんな考え方をするなんて」

「自分の心に正直なだけさ」

「あなたの目には兎はまだ滅んでないように映るの？」

「解釈次第だな、それは」

「そうね」彼女が鼻で笑った。「たしかに解釈次第なんでしょうね。わたしなら人間のペットになった時点でもう終わったと解釈するけど」

「このラビッチ！」俺はコーヒーテーブルをひっくりかえし、悲鳴をあげるソフィアの両耳をひっつかんだ。「そいつは俺に言ってんのかい、え⁉」

「ふん、兎を飼うなんてどうせだれからも相手にされない人間でしょうよ。そうでしょ、このピーター！」

「俺はジョニー・ラビットだ！」俺は彼女を殴りつけ、うしろからぶちこんでやった。

「二度と俺のことをピーターなんて呼ぶんじゃねぇ！」

「はははは！　ピーター、ピーター！」

「ぶっ殺してやる！」腰を突き上げる。「このラビッチ、ぶっ殺してやるぞ！」

「はははは、わたしのかわいいピーターちゃん！」

「ああ……うう……おお……うっ！」

ことがすむと俺たちは柱をかじったり、穴を掘る真似をしたり、立ち上がって窓から遠くの山を眺めたりした。

俺は人間になったつもりで兎について考えてみた。

兎はちっぽけで、悲しくなるくらい取るに足りない存在だった。速いのは逃げ足だけで、ちょっと大きな音がしただけでもぽっくり逝《い》っちまう。その取るに足りない存在に名前をつけ、心を打ち明ける人間というのは、いったいどれだけ悲しいのだろう？　たとえばこの俺が、てんとう虫かなんかに人生の悩みを相談するか？

くそ、この女の言うことにも一理ある。

ドン・コヴェーロには仲間がたくさんいたが、かといって孤独じゃなかったとは言い切れない。兎も人間もいずれ劣らずちっぽけだ。たぶん、そういうことなのだろう。ドン・コヴェーロはちっぽけで、トニー・ヴェローゾはちっぽけで、運転手のアレン・ジャクソンはちっぽけで、そしてこのジョニー・ラビットはもっとちっぽけだ。だからこそ、みんな必死でなにかにこだわっていたのだ。現実から逃げてしまわないように、一生懸命足を踏ん張っていたのだ。そう、自分を好きでいるために。

「一度引き受けた仕事は最後までやるぜ」俺はそう言い、事務所を出る前にふりかえった。「それが俺の原則だ」

4

山をひとつ越え、ひと晩がかりでスズラン谷の手前までたどり着いた。

問題はここからだ。再会の樹の方角、つまり西へ進み、ハイウェイに沿って大きく迂回して谷の反対側に出るという道もある。その場合、最低でもあと半日はつぶれてしまう。かといって、東の森は銀狐たちの巣だ。

陽がのぼるころ、ガジュマルの樹の根元に手ごろな洞を見つけた俺は、そこでひと眠りした。お天道様が空の真上にくるまでうとうとし、目が覚めてからはクローバーを食べたり、あたりをぴょんぴょん跳ねたりした。樹の幹で歯をけずったりしながら、太陽が山を下りるのをいまか、いまかと待った。

宵闇が天空から降りるころ、洞を出た。夏霞がたちこめている。花の季節はとっくに終わっているというのに、風には亡霊のようにスズランの残り香が漂っていた。

覚悟が体に満ちてくるまで待つ。それから南風を追いかけて突っ走った。

兎一匹見あたらない。あたりを警戒しながら、死の予感がわだかまっている野原を全速力で駆けた。体中の細胞がビリビリふるえだす。ふつうの兎ならここから先には進めない。足がすくみ、本能的にまわれ右をしてしまう。身を隠す場所がどこにもないからだ。そんなところにふらふら迷いこんだマヌケを捕って食ってやろうと、千の目がそこかしこで光っている。臆病な兎どもは木の葉の陰にありもしない気配を感じ、風の声を予言のように信じる。

どっこい、こちとらジョニー・ラビットだ。死を味方につけたこの俺に怖いものなどありはしない。ドン・コヴェーロはいつも手下どもに言っていた。「いいか、てめえら、死を味方につけな。そうしなきゃ悪魔につけこまれちまう。弱い心って悪魔にな。そして悪魔のほうに寝がえったやつは、このカエターノ・コヴェーロが死ぬよりつらい目に遭わせてやるぜ」

兎の真の復活……走りながら考えた。俺がこれから相手にしなくちゃならない連中も、この野原を越えてスズラン谷へいったのだろうか？　もしそうなら、死を味方につけたやつは俺以外にも、このジョニー・ラビット以外にもいるってことだ。いやな感じだった。なにかよくないことが起ころうとしている。もしテレンス・ラビットが兎の真の復活なんて血迷言を本気で信じているのなら、ちょいと厄介なことになりそうだ。生死のはざまで生きぬいてきたドンや〝伊達男〟・トニーのような人間にだけ死は気を許す。おそらくテリーたちは、死に近づいたことすらないだろう。やつらにとっての死とは、えぐり出された目玉や、燃え盛る復讐心や、切り落とされた指や、狂おしい愛の果てにある男の誇りなんかじゃない。そんなものとは微塵も関係がない。やつらは頭で考えて行動している。死神がつけこむのは、まさにそこんとこだ。やり方は簡単。神様の仮面をかぶりさえすればいい。人間どもを見ろ。ローマ人や十字軍を見ろ。

と、耳が勝手に反応し、右後方のただならぬ音をひろう。目を走らせると、月のなかから銀狐がものすごい勢いで駆けてきていた。

「くそっ！」

後足を電流が貫き、耳がぺたっと寝る。

こっちが加速すると、むこうさんのエンジンも全開になった。目をつり上げ、三日ぶりの晩飯を逃がしてたまるか、てな感じでつっこんでくる。

ふたつの足音が草を蹴り、風を切る。

そもそも兎の体は逃げるためだけに創られている。肉食動物のように衝突安全性まで考えてデザインされているわけじゃない。どういうことか。肉食動物が追撃の過程で木や岩に激突したとする。やつらはぶっ壊れたりしない。俺たち兎がそんなことになってみろ。首の骨を折るか、背骨が曲がるか、ふたつにひとつだ。

体がグンッとのび、トップスピードを超えた瞬間、筋肉にかかっていたリミッターが完全にはずれたことを細胞のひとつひとつで感じた。骨格がもろいかわりに、俺たちには潜在的な強い筋肉がある。パニックに襲われたとき、ようやく本領を発揮するのだ。走りに走った。体中がギシギシと軋《きし》みはじめる。心臓が胸を突き破りそうだった。これ以上のスピードは兎の骨では支えきれない。それでもスピードをあげた。

ハァ、ハァ、という荒い息遣いが背後に迫ると、心が神様の二文字であふれかえった。ああ、お願いでございます。まだこのジョニー・ラビットを、このちっぽけなジョニーめをまだお召《め》しにならないでくださいまし！　ジグザグに走りながら祈りまくった。これからは兎としてまっとうに生きていきます。人間の真似なんて金輪際いたしません。カエターノ・コヴェーロの墓にだって小便をひっかけますから、どうか、どうか……

どうしようもなかった。

巨大なものと一体化したいという誘惑に頭の芯がしびれてくる。もうなにも見えない。恐怖があきらめに、そして、すこしずつよろこびに姿を変えていく。死は宇宙、食物連鎖は運命、あきらめは安らぎ。銀狐はしなやかで、なんとも美しく、このジョニー・ラビットを食うためだけにこの世に生をうけているみたいだった。

それでも、足は止まらなかった。どんどん加速していく。骨という骨が悲鳴をあげた。生への執着は見苦しく、屈辱まみれで、うんざりさせられる。銀狐が牙をむき、すぐうしろでうなり声をあげた。飛び去る風景のなかで、薔薇《ばら》の茂みが視界をかすめる。兎の視界は三百六十度、自分のケツだって見えちまう。〝双頭のトカゲは薔薇の茂みに隠れる〟むかしの兎はよくこう言ったものだが、薔薇の茂みには好運があるという意味だ。

とっさに足を踏んばって方向転換すると、神様ありがとう、俺の残像に飛びかかった銀狐が体勢をくずしてくれた。そのせいで俺たちの距離がすこしだけ開いた。足の骨はもう限界だったが、俺は弾丸のように鋭脚を発揮した。間一髪でくそったれの狐野郎をふりきり、だれかが茂みに掘った兎穴に飛びこむ。やつの前足が穴のなかへのび、俺のケツをひっかいた。勢いあまった俺は、奥の壁に頭から激突した。

銀狐は口を差しこみ、吠え、穴中によだれをまき散らした。

「ざまみろ!」俺は後足でやつの鼻面をしこたま蹴飛ばしてやった。「このジョニー様を食おうなんざ十年早いぜ!」

やつはしばらく穴を広げようと悪戦苦闘していたが、そのたびに俺の痛烈な蹴りを食らうことになった。どうやら今回は首の骨を折らずにすんだようだ。やがて静かになった。ジョニー・ラビットに手を出すことがどういうことか、やっとわかったのだろう。

俺はといえば、罪悪感にさいなまれていた。ああ、ドン・コヴェーロ、さっきのは本心なんかじゃないんだ。そのせいで、ひどい下痢をしてしまった。頭にできたたんこぶが、ドクンドクンと後悔していた。

スズラン谷六番にたどり着くまでに、三回もスズラン中毒者にからまれた。

が、俺が銀狐にひっかかれた尻の傷を見せて啖呵《たんか》を切ると、ジャンキーどもはすごすごと道をあけてくれた。こんなゴミ溜めに生まれた日には、命がけであの野原を渡らないかぎり、どこへもいけやしない。まわり道なんざ論外だ。この谷でスズランに蝕《むしば》まれながら、ゆっくりと朽ち果てるしかない。そんなやつらにとって俺のようなよそ者は、よそ者というだけの理由でもうすでに絶対にかなわない相手なのだ。

俺はまずジャンキーどもの背中に顎をのせた。俺たち兎のあいだでは、この〝顎のせ〟が地位を決定する。これで俺は完全にやつらの上に立ったことになる。それから、尋ねた。テリー・ラビットのことを。兎の真の復活を説くやつらのことを。ロイの言ったことが正しいなら、神がかった連中がジャンキーどもをあつめてこの界隈で説教を垂れているはずだ。

「あんたが言ってるのはサバトの黒兎のことかい？」と、ひとりのジャンキーが応えた。

「連中、そう名乗ってんのかい？」

「おい、ヨーヨー」と、そいつはツレのジャンキーに言った。「おめえ、集会にいったことがあるって言ってたよな？」

「集会にいきゃ食い物にありつけるからよ」ヨーヨーと呼ばれた黒兎は東のほうを指さした。「通りを山のほうへのぼっていきな。いばらの茂みをぬけるとちょっとした空地があるんだ」

「その集会ってのは？」

「ＳＡさ」

「ＳＡ？」

「スノーフレークホリック・アノニマス――断スズラン会さ。俺らみたいなジャンキーがあつまって、みんなで励ましあうんだ」

「そのサバトの連中ってのはいつからこの谷にいる？」

「二週間くらい前かな」

ヨーヨーがそう言うと、最初のジャンキーが相槌を打った。「まちがいねぇよ。下弦の月の晩だったから、ちょうど二週間ほど前さ」

俺は空を見上げた。

真っ二つに割ったような半月がかかっている。月の満ち欠けの周期は二十九・五日。下弦の月から上弦の月までは、新月をあいだにはさんでちょうど二週間ほどだ。頭のなかで状況を時系列にならべてみる。ソフィア・ラビットが事務所へやってきたのが一週間前。そのとき、あのラビッチはテリーがいなくなって十日ほどが経つと言っていた。シクラメン通りからスズラン谷までは、どんなに急いでも二日がかりだ。

辻褄はあう。

二週間前に〝サバトの黒兎〟と名乗る集団がこの谷にあらわれた。テリー・ラビットが失踪したのもそのあたり（兎の二週間は人間の感覚だと四カ月ほどだ）。テリーを捜してほしいと依頼してきたソフィア・ラビットは兎の復活教会の信者。そしてサバトの黒兎は、兎の真の復活を説いてまわっている。

　なにかある。

「ありがとうよ、兄弟」俺はふたりにニンジンを一本ずつやった。「スズランばっか食ってると、そのうち脳みそに花が咲くぞ」

「ヘイ、パパ」と、ヨーヨーが言った。「その尻の傷、ほんとに銀狐にやられたのかい？」

「俺のことをパパなんて呼ぶんじゃねぇ！」どやしつけてやった。

「怒ることねぇだろ。あんたが俺のパパかどうか、だれにもわからないはずだぜ」

「それが兎のいいところだ。もし俺がおまえの親父だったら、皮がひんむけるまでその青いケツをひっぱたいてるぜ」

「ちぇっ、悪かったよ」

「おまえら、もうサバトの連中には近寄るなよ」

「なんでだよ？」

「人間の男ってな、女にポコチンをしゃぶらせるんだ」

　ふたりは大笑いした。

「そのことを俺のダチのロイってやつに教えてやったら……ロイってのはシクラメン通りでバーをやってるんだが、そのロイがかみさんにやらせたんだよ。どうなったと思う？　血だらけさ！」

ふたりは笑いころげた。足をトントンさせたり、ものすごいスピードで俺のまわりをぐるぐるまわったりした。

「ロイのやつは俺たち兎の口のつくりと人間の口のつくりがまるでちがうことを忘れてたんだ。つまりな、理解できないものにはそれほど魅力があるってことさ。つい手を出してみたくなる。で、気がついたときにはもう手遅れなんだ」

心やさしきジャンキーたちはゲラゲラ笑いながら、ぴょんぴょん跳ねて谷をくだっていった。

スリム・ラビット商会には、かびくさい人間文明の残骸がところせましと氾濫していた。

四面の壁は時計だらけ。丸いやつ、四角のやつ、振子のついたやつ、鎖のついたやつ、動いているやつ、永遠に止まってしまったやつ。どの時計も時間をとおりぬけられる扉のように見えた。小山のようにうずたかく積まれたガラクタ。冷蔵庫、扇風機、野球のホームベース、なにかのモーターのようなもの、鏡、ストーブ、画面の割れたテレビ、タイヤのない自転車……そのあいだを走る通路は細く、体を横にして、おまけに腹までひっこめないと奥のカウンターまでたどり着けない有様だった。

「いやぁ、いい店だね」

声をかけると、カウンターのなかの老兎が眼鏡越しにこっちを見た。その茶色の毛のつやのなさ、耳の垂れ具合、鼻の枯れ具合からして七歳（人間でいうと七十歳）ってとこだろう。正真正銘の死にぞこないだ。

「しかし、よくもこれだけあつめたもんだ」俺はお愛想をふりまいた。「爺さん、あんた、人間が好きなのかい？」

老兎は俺のことをじっと見つめ、目をそらす前にボソリと言った。「だったらどうだと言うんじゃ？」

ガッチリと鍵がかかったような声だった。

こういうジジィにはお世辞は通じない。下手に丸めこもうとしても時間の無駄だ。だけど、こっちだって伊達や酔狂でこんなところまでのこのこやってきたわけじゃない。引いてだめなら押してみろだ。しょせんは兎。二、三発もくれてやれば、口もなめらかになるだろう。

「やいやいやい」腕まくりをして実力行使に出ようとしたとき、ドアがバンッと開いて俺を跳び上がらせた。「ああ、びっくりしたな！」

「静かに入ってこれんのか！」老兎の剣幕に、俺は思わずあやまりそうになった。「何度言わせるんじゃ、トビー」

店に入ってきたのは耳だけ黒い、白いガキだった。ついこないだ乳離れしたような赤ちゃん《バンビーノ》だ。

するすると細い通路をとおってくるそのガキは、両手いっぱいに新聞紙を抱えていた。俺は体を開いて道をあけてやった。

新聞紙の束を、うんせ、うんせ、とカウンターに押し上げると、ガキは息をはずませて言った。「これ全部、ニンジン一本でいいぜ」

老兎は眼鏡をかけなおし、まるで汚いものでも触るみたいに新聞紙をパラパラめくった。

「また学校をサボったな、トビー」

「関係ねぇだろ。ニンジンおくれよ、スリムさん」

やっぱりこのジジィがスリム・ラビットだ。

「ニンジンがほしいのか？　よしよし」

スリム・ラビットがカウンターの下からニンジンをとり出してひらひらさせると、ガキがうれしそうに足をトントンさせた。

「おくれよ！」

爺さんはニンジンをかざし、相手が飛びつくや、さっと手を挙げて肩すかしを食わせた。ガキはおもしろいほどよく釣れた。あまりにもよく釣れるものだから、もしかしたら馬鹿なんじゃないかと思った。スリムは何度かそうやって遊んでから、やにわにガキの頭に拳骨を落とした。

「なにしやがんだ、このくそジジィ!」

「何度言ったらわかるんじゃ、トビー」スリムはうんざりしたように首をふった。「わしの店はゴミすて場じゃない。そんな屑紙にニンジン二本も出すわけがないじゃろが」

「スリムさん、そんなこと言わないでさぁ……」

「わしはいつもなんと言っとる?」

「………」

「トビー」

「敵を……」ガキはしぶしぶ口を動かした。「まずは敵を知れ」

「そのとおり」スリムがニンジンをカウンターの下にしまうと、ガキが泣きそうな顔になった。「鳥のことを知らなきゃ、やつらが夜目が利かんことはわからん。猫のことを知らなきゃ、やつらがマタタビに弱いことはわからん。犬のことを知らなきゃ、やつらが人間に媚びへつらう理由はわからん。わしが人間の道具をあつめとるのも人間をよく知るためじゃ。知れば無駄におびえんですむ。ひょっとすると、それは無駄骨かもしれん。だけどな……」

「『知ることが勝利への第一歩』だろ？　もう耳にタコができたよ」

「だったらな、こんなところで油を売ってないで学校へいけ。ちゃんと生きていくために、おまえたちには知っておかなきゃならんことがうんとあるんだからな」

ガキはなおも食い下がろうとしたが、スリムがもう一発打つふりをすると、ぴゅんっと表に飛び出していった。

「困ったやつじゃ」

「まあ、ガキってのはあれくらい元気がないとな」

「で、あんたは？　なにか用があるんじゃろ？」

口を開きかけて、しばし躊躇《ちゅうちょ》した。ちょっと待てよ。もしこのジジィがサバトの黒兎とつながっているとしたら？

根拠はない。探偵の勘ってやつだ。だが用心深いのは兎の美徳、いずれにせよ言葉は慎重に選んだほうがいい。

時間稼ぎに、俺はさっきのガキが持ってきた古新聞を手繰り寄せた。

「あんた、人間の字が読めるのかね？」

「ああ……まあね」

生返事をかえしながらページをめくる。考えをまとめるあいだ、紙面を眺めるともなしに眺めた。

そうだ、ロイはサバトの連中がこの店でモーターを買ったと言っていた。連中がたまたまこの店に入って、あら、すてきなモーターね、おいくら？　てな感じでショッピングを楽しんだのじゃなければ、スリム・ラビットがやつらのためにどっかから調達してきた可能性だってある。そして、スリムは人間を敵とみなしている。もしこのジジィがサバトの黒兎とつながっているとしたら、サバトだって人間礼賛の集団ってわけにはいかないだろう。

よし、ここは人間嫌いを装うのが上策だ。

「おい、あんた、どうした？」

新聞から顔を上げると、スリム・ラビットがカウンターに身を乗り出していた。違和感をおぼえて目を泳がせる。古本の山の上にあるピンクのぬいぐるみが、かすかに振動していた。

地震？

が、それにしては静かすぎる。外を見ても、そこには月明かりがあるばかり。

ぬいぐるみは振動し、すこしずつ前にせり出し、やがて本の山から落っこちた。それを見下ろしたとき、ようやく原因がわかった。俺の足だった。自分でも気づかないうちに足をトントンさせていた。

振動の原因はこれでわかったが、問題はほかにもあった。自分の足が地面をたたいている理由がまるでわからなかったのだ。

「なにか面白いことが書いてあったのかね？」

その声に導かれるようにして、俺の目はまたぞろ新聞に吸い寄せられた。白黒の写真。記者たちに囲まれ、車に乗りこもうとしている初老の男――

この期におよんでも、俺はまだのほほんと探偵稼業にかまけていた。脳みその半分はスリム・ラビットを丸めこむ策をしつこく弄《ろう》していた。なんとかとりつくろって、笑顔を見せようとさえした。

できなかった。

それどころか、まるで人間の手で首根っこを押さえつけられているみたいに新聞から目を離すことができない。目をしばたたき、凝視する。確信は滾々《こんこん》と湧き出し、俺の目や口や鼻や耳からあふれた。

「どうしたんじゃ？」声がした。「あんた、どこか悪いのか？」

「うるせぇ、この老いぼれが」

息を呑む音が聞こえた。

「俺の名はジョニーだ」声が怒りでふるえた。「サバトの黒兎に伝えとけ。ジョニー・ラビットが用があるってよ」

「あんた、いったいなにを……」

「黙って話を聞きやがれ、このくそジジィ！」

「……」

「明日、またくるからよ」俺はその新聞をたたんで懐に入れた。「もし無駄足を踏ませやがったら、店、燃やすぞ」

呆気にとられているスリム・ラビットの前にニンジンを一本放り投げ、そのまま店を出た。

月がだいぶ西にかたむいていた。

5

場末の安ホテルのベッドに寝そべって、くわえ煙草の火口を見つめていた。

ゆらゆらと立ちのぼる紫煙が闇に溶けていく。開け放した窓から入ってくるのは、むかいのバーの喧騒と蠅《はえ》くらいのものだ。ベッドのスプリングが背中を刺し、ゴキブリが天井を這っている。

暗い部屋の底を突きぬけ、いつしか俺の体はずぶずぶと過去へ沈んでいった。

「あんたがだれだろうが俺には関係ない。あんたの指を切り落とすのはマンシーニさんがそう望んでるからさ」

ドン・コヴェーロの脳みそをあの音のしない拳銃でぶちまけたあと、ラッキーボーイ・ボビーは血と硝煙にまみれた手をのばしてきやがった。

「おまえ、ご主人様が大好きだったんだな。怖がるなよ、兎公《うさこう》、おまえにはなんにもしないって」俺があとずさると、やつは小首をかしげてこう言ったっけ。「こういうことのあとってさ、だれかとしゃべりたいものなんだ。おまえならべらべら言いふらしたりしないだろ？　俺はラッキーボーイ・ボビーってんだ。おまえは？　そんな目で見るなって。マンシーニさん以外で、おまえは俺の顔を知ってる数すくない男なんだぜ。組織の連中だって知らないんだからな。そんなおまえを俺が傷つけると思うかい？」つづけて、こうだ。「そうだ！　なんならさ、兎公、うちの子になるかい？」

そう言って、ラッキーボーイ・ボビーは笑った。

まわれ右をすると、俺は、このジョニー・ラビットは脇目もふらずに駆け出したんだ。死体たちを踏み越えて。もうだれも動かない。〝伊達男〟・トニー、〝相談役〟・チンクェッティ、〝オカリナ〟・ソニー、そして、ドン・コヴェーロ——

ベッドをぬけ出す。

ドアを開けると、廊下の明かりが床にのびた。投げすてたままの新聞紙がそこにある。俺には人間の文字は読めない。だけど、その写真に写っている野郎の正体は堂々と見出しに出ている。字は読めなくてもにおいでわかるぜ、ジョルジ・マンシーニ。

俺は部屋を出てバーへむかった。となりの部屋をとおりすぎるとき、口から血を流した女が飛び出してきて俺にすがりついた。

「ああ、あんた、たすけて！　あたい、殺されちゃう！」

「おい！」俺の倍はあろうかという薄汚れた白兎が部屋のなかから怒鳴った。「その女にかまうんじゃねぇ！」

「お願い、たすけて！」

「こっちにこい、このラビッチ！」

白兎が床を踏み鳴らしてやってきて、女の耳をつかんで俺から引きはがした。

「他人のもめ事に首をつっこむ気か？」顔をグッと近づけてくる。ひどい息だ。のびすぎた切歯のせいだろう。「やってみろよ、え、あんちゃんよ！」

「いや」俺は目をそらした。「そんなつもりはないよ」

白兎は俺に拳骨を突きつけ、金切り声をあげる女を部屋のなかへ突き飛ばし、バシンッとドアを閉めてしまった。

俺は廊下をとおり、階段を下り、とぼとぼ通りを渡ってバーに入った。

カウンターでモーニング・グローリーをストレートで二杯ばかりひっかける。これからの身の処し方をすこし考え、バーテンにサバトの黒兎のことでちょいと探りを入れた。得るものはなにもなかった。

勘定をすませ、店を出て、そのへんに落ちていた石をひろう。ちょっと大きめのやつを。それからまたとぼとぼ通りを引きかえし、階段を上り、廊下をもどって、さっきの部屋のドアを蹴破った。

女を組み伏せていた白兎は文字通り跳び上がり、血走った目でドスドスむかってきた。野郎がパンチを繰り出す前に、俺はその汚い口に石をたたきつけてやった。切歯が吹き飛んだ。口を押さえてうずくまったところを、石でめった打ちにしてやった。

「兎のくせにこのジョニー様をなめんじゃねぇ！」贅肉《ぜいにく》でダブダブの体を容赦なく蹴り上げる。「**この兎が！　兎が！　兎が！**」

「そんなやつ、殺しちゃえ！」女が部屋中を跳びまわった。「ぶっ殺せ！」

白兎がピクリとも動かなくなると、俺は女をとっ捕まえてうしろからぶちこんでやった。

「ああ、あんたって強いのね！」女が腰をぐいぐい押しつけてくる。「気持ちいい？あたい、まだ三回しか子ども産んだことないよ！」

「うっせぇ、このラビッチ！」

俺は女をガンガン突きまくった。ちくしょう、なんで俺は兎なんだ⁉　なんでマンシーニのくそ野郎が人間で、このジョニー・ラビットが兎なんだ⁉

「ああ、もっと、もっとよ！　もっと強く突いて！」

「ああ……うう……おお……うっ！」

ことがすむと俺は売女を突き飛ばし、ニンジンを一本くれてやった。

自分の部屋にもどり、ちょっと毛づくろいをし、その夜はそのまま寝てしまった。

翌日、陽があるうちはいつものようになにもしなかったし、陽が沈んでからもなにもする気になれなかった。

テリー・ラビットのことなんか、もうどうでもよかった。頭の片隅にもない。どうとでもなれだ。俺には関係ない。

ジョルジ・マンシーニの写真を見るたびに焦燥感に駆られ、絶望感にさいなまれ、虚無感にとらわれる。もう、こんなことはやめろ。何度自分にそう言い聞かせたことか。おまえはただの兎なんだぜ、ジョニー、そんなおまえがいったいどうやってマンシーニと勝負するんだ？　ぐるぐるおなじことを考え、プライドをかなぐりすて、破れかぶれで現実ってやつを受け入れかける。すると、どうだ。今度は闇のなかからワイズ・ガイの指輪をはめた手がにゅっとのびてきて、俺をがんじがらめにするのだ。それでも男か、ええ、ジョニー・ボーイ？　マフィオーソの心意気はどうした？

果てしのない螺旋階段をどこまでも下りていくような気分だ。足を一歩踏み出すごとに臆病でちっぽけな兎に、そう、本当の自分に近づいていく。外からどよめきが聞こえてこなかったら、なにかが体からぬけ落ちてしまうのも時間の問題だった。

俺はベッドから身を起こし、窓辺にいってみた。

兎どもが通りを西のほうへ疾走していた。ちっぽけな者たちは、いつだって走ってやがるのだ。煙草をくゆらせながらぼんやり眺めていると、見覚えのある黒兎が目についた。

「おい、ヨーヨー！」

俺の呼びかけにそいつは足を止め、あたりをキョロキョロと見まわした。まるで見えない手に頭をひっぱたかれたみたいに。

「こっちだ！　上だ、上！」

ヨーヨーは相棒のジャンキーを呼び止め、俺のほうを指さした。相棒がなにか言う。するとヨーヨーが声を張りあげた。

「よう、昨日のパパか」

「俺のことをパパなんて呼ぶんじゃねぇ！」

ふたりが笑った。

「どうしたんだ、なんでそんなに急いでる？」

「再会の樹が光ってんだよ」

相棒がヨーヨーをせっつき、ふたりは通りを走っていった。

煙草をおしまいまで吸ってから、俺は部屋を出た。

となりは静かだった。昨日ぶちのめしてやったあのデブ兎の血のにおいが、まだかすかに残っていた。

俺はゆったりと廊下をとおり、階段を下り、走りだす前に月を見上げた。


人間の目にはどう映るのだろう？

そんなことは知る由もないが、すくなくとも西の高台に居あわせた全員が心を奪われていた。まるで青白い光を放つ霧に包まれているみたいだった。光の粒子は再会の樹の先端からあふれ、風に舞い、ゆっくりと闇の奥底へと沈殿していく。人間のいう神なんざクソ食らえだが、破滅を讃える静かな霊歌が俺の耳にもたしかに聴こえた。

「このことだったんだ！」だれかがわめいた。「サバトの黒兎が言っていたのは、このことだったんだ！」

「再会の樹が死の光を降らせている！」声はつぎつぎにあがった。「人間どものせいだ！」

憎悪は野火のように燃え広がり、やがてひとつの巨大な足音になって大地をゆるがせた。兎たちは足を踏み鳴らす。いつまでも、いつまでも。

「わしにもわからんよ」

ふりむくと、スリム・ラビットがそこにいた。

「サバトの黒兎がなにをしようとしとるのかはな。だが、すくなくとも兎を救うためになにかやろうとしとる」

「モーターをやつらに売ったってのはほんとかい？」俺は尋ねた。

「商売じゃからな」

「電気がなきゃ動かないはずだぜ」

「電気なら」スリムの老いぼれは鼻で笑い、再会の樹を顎でしゃくった。「たっぷりある」

「なにをしようってんだ？」

「満月の晩、あんたも再会の樹へくればいい」

「なにがあるんだ？」

「くればわかるさ」

俺は月を仰ぎ見た。

月齢九ってところだ。満月は月齢十五。つまり、六日後の深夜に再会の樹でなにかがあるわけだ。ヘッ、おもしれぇ。兎どもになにができるのか、このジョニー様がしかと見とどけてやろうじゃねぇか。

「なにがおかしい？」ジジィが眉根にしわを寄せた。

「いやね、皮肉だなぁと思ってよ」俺は口の端をつり上げた。

「皮肉？」

「海を渡ってずっといくとな、日本《ジャパン》って国があるそうだ。聞いたことあるかい？」

老兎の目に警戒の色がよぎる。

「ずっとずっとむかしにな、この国の連中がその日本って国に自分たちの神を押しつけにいったそうだ。わざわざ船に乗って、どんぶらこ、どんぶらこ。で、日本人にも物好きがいて、こりゃすげぇってんでその神を崇《あが》めだした。けど、それが王様にはおもしろくなかったんだな。やつらの王様、ショーグンってんだけど、そのショーグンが神を信じてるやつらにこう言った。『ヘイ、これ以上、ゴッド、ゴッド、ぬかしやがったらぶっ殺すぞ』。すると百姓どもはこうだ。『わかりました、もう神は信じません』。でも、疑り深いショーグンはそんな口先だけの約束なんて信じられねぇ。『いきなり掌《てのひら》をかえしやがって、このマザーファッカー！』、『じゃあ、どうすれば信じてもらえるんですか？』。するとショーグンがチョンマゲかなんかに櫛を入れながら、ビシッとこうキメるんだ。『よし、もう神は信じねぇって神に誓え』」

「……」

「わかる?」

「……」

「だって、神を信じないことを神に誓わせるんだぜ。つまり、その、矛盾してるってことで……」いつまでも理解の光が射しこまないスリム・ラビットを見ていると、ジョークの解説なんてチンタラやってる自分が急にとんでもない阿呆に思えた。「あんたらもそれとおんなじってことさ。人間を否定してるのに、人間のつくった道具や価値観に縛られてんだよ」

「それはちがう!」語気が荒くなったところを見ると、どうやらいいところを突いてしまったようだ。「それじゃ、このまま手をこまねいていろと言うのか!?」

「そうは言ってねぇさ」

「若造が、おまえになにがわかる。人間は滅ぼすしかないんじゃ!」

「人間を滅ぼす? へぇえ、どうやって?」

スリム・ラビットは口をつぐんだ。

「俺が言いたいのはな」俺はやつに背をむけた。「そんなことを言ってると、兎もいつか人間みたいになっちまうってことさ」

ちっちゃな白い花をつけたいばらの茂みをぬけると、ちょっとした広場がある。三夜ほど無駄足を踏まされたが、ついに出くわした。

6

断スズラン会はひっそりと行われていた。まるで神の目を盗んでいるみたいに。ざっと数えたかぎりでは、四十から五十ほどの魂たちが救いを求めてあつまってきていた。車座になり、ほとんど骨と皮だけのラビッチの話に神妙に聞き入っている。

俺は煙草に火をつけた。

木々の枝が半開きの天蓋のように広場をおおい、月光が青白い闇のなかで浮遊していた。山の稜線が黒く迫ってきている。遠くで夜啼き鳥《ナイチンゲール》がひと声鳴くごとに、闇は深みを増していくようだった。

骨女の話がひと段落つくと、白黒まだらの男が立ち上がった。「ありがとう、ジェニー」

「ありがとう、ジェニー!」と全員が唱和したのには、ぶったまげてしまった。

「つぎにみなさんと経験を分かちあいたい方は?」

何本かの手が挙がった。

まだら兎はひとりの男に微笑んだ。

「こんばんは」男がおずおずと立ち上がる。「えっと……」

「ほんとの名前を言う必要はありませんよ」と、まだら兎。「説明しようと思わず、心に浮かんだことをそのまま口に出せばいいんです」

「えっと……僕はマーカス、そう、マーカスと呼んでください」

男がかりそめの名を告げると、全員がまたひとつの声で挨拶をした。「こんばんは、マーカス!」

「僕はスズランをやめて三カ月です」マーカスはおびえたような笑みを顔に貼りつけたまま、言葉の海へと漕ぎ出した。「最近、夢を見るんです。とても美しい女性が僕にスズランをすすめるんです。僕は自分がスズランに関してはちょっとした玄人だということを見せて、なんとか彼女に気に入られたい。だけど、どんなに食べようとしても喉をとおらないんです。嚙むとどんどんふくれて、しまいには息もできなくなってしまう。そこで、仕方なく吐き出す。すると、スズランはまるでたったいま摘んできたばかりのようにみずみずしいんです。彼女はそんな僕を見て、それでいいんだと言ってくれます。だけど、僕は恐ろしくてたまらない。なにかが……なにかが自分のなかで死んでいくのがはっきりと感じられるんです」

しばしの沈黙を破って、まだら兎の静かな声が墓場の鐘のように鳴った。「このことについて、どなたかご意見はないでしょうか？」

また手が何本か挙がる。

他人の夢をああでもない、こうでもないと取り沙汰するやつらを遠目に眺めながら、俺はヨーヨーたちはいないかと首をのばした。ヨーヨーたちはどこにもいなかった。ヨーヨーたちは正しいことをした。

「夜明け前はいつだってひときわ暗いものです」

まだら兎に目をもどす。

「でも、朝のこない夜はありません。私たちはあなたのことを誇りに思います。ありがとう、マーカス」

「ありがとう、マーカス！」

スズランをやめて三カ月？　俺は煙草をはじき飛ばした。ハッ、そりゃそうだ。スズランってのは春の花だ。時期がすぎれば、どうしたって食えなくなる。朝のこない夜はない？　それを言うなら、棘のない薔薇だってないんだぜ。いったいどんなよろこびがあって、こいつらはこんな気持ちのいい夜におたがいの悪夢をつっつきあっているのか？　兎たちにはもっとましなことがなにもないのか？

俺が軽い吐き気をもよおしたのは、しかし、そのこととは関係なかった。偽善は悲しいけれど、嫌いになんてなれやしない。このマーカス・ラビットのようなやつは例外だったのだ。やつはひどく場違いで、たんなる前菜で、笑えないコメディアンだった。つぎにしゃべった男は自分が人間に憧れていることを赤裸々に告白した。そのつぎの女も人間の男に抱かれる夢をよく見ると涙ながらに明かした。そのたびに兎たちに圧倒的な一体感が生まれ、俺の胃をしめつけた。

「そんな自分がどうしようもなくて」と、女はまるで自分の言葉で体を切りつけているみたいだった。「人間は敵だとわかってる。でも……それでも、あたしは人間が好きなの！」

「私の父は、私の目の前で鉄砲に撃たれました」ある男はこう言った。「そのとき、私がなにを思ったかわかりますか？　父は人間のものになった、でも、どうして父だけが？　私はそう思ったんだ。だから、スズランに逃げた。私は父がうらやましかったんだ！」

なにがどうなっているのかはわからなかったが、なにかが俺を俺のいるべき場所へと連れ去ろうとしていた。歯を食いしばってこらえた。そこへいってしまえば、楽になれることは知っていた。胸の奥深くに封印したはずのものがにわかに輝きだし、ざわめき、熱をおびる。大丈夫、それはあなただけじゃありませんよ。まだら兎がそう言ったときには、不覚にも涙をこぼしてしまった。だからこそ、「そこにいらっしゃる方」と目をつけられたのだと思う。

「はじめてこの会へいらしてくれたようですね」

全員がふりかえったおかげで、話しかけられているのが自分だとわかった。

「よろしければ、あなたの経験をみなさんと分かちあいませんか？」

「いや、俺は……」

「さあ、思ったことを口に出すところからはじめるのです」

「いや、でも……」

まだら兎がおだやかな目で促す。心に傷を負った者たちは新しい仲間を受け入れたくてうずうずしていた。ああ、俺たちはこんなにもすぐそばにいたのか！

「俺は……」自分でもびっくりするくらいか細く、たよりなく、素直な声だった。「その……ジョニーです」

「こんばんは、ジョニー！」

「俺は人間に飼われてました」涙まじりのしょっぱい言葉があふれた。「その人は、ドン・コヴェーロは男で……つまり本物の男で、俺は赤ん坊のときから、いつか自分もあんな男になれるものだと思ってました」

「大丈夫、つづけて」

「はい……だけどある日、ドンは殺されちまいました」

会場が大きな嘆息と化し、俺という存在を呑みこんだ。自分が消えていくような感覚は、信じられないくらい甘美だった。

「その瞬間、俺はただの兎になりました。だけど、俺みたいなやつに居場所なんてないんです。ずっと自分のことを人間だと思ってきた俺を、兎たちは受け入れてくれませんでした。どこにいても、ここは自分のいるべき場所じゃないという感覚がつきまとう。おまえは兎じゃないとよく言われましたよ。兎失格だ、ってね。でも、いまではそれも仕方のないことだと思っています。実際、俺はほかの兎とはちがうんですから」

「どうちがうんですか？」

「たとえば喧嘩のときです。俺はいつでも相手を殺すつもりでやってしまうんです。殺意がなんなのかもよくわからないのに、です。人間がそうしているというただそれだけの理由で、俺のなかですべてが正当化されちまう。それって、やっぱり野生の掟に反することでしょ？」

「ここにはそんなことであなたを非難する者はいませんよ」

まだら兎がそう言うと、何匹かがうなずいた。

「でも、たぶんそれはほんとの問題じゃないんです」俺は言った。

「それでは、ほんとの問題とは？」

「俺がそれを密かに誇りに思っていることです」

兎たちがどよめいた。

「だから、俺にはここにいる兄弟たちの痛みがわかるんです」俺は大きく息を吸い、涙を押しもどそうとした。「みんな、ほんとの自分と理想の自分に引き裂かれちまってるんです。上手く言えないけど、痛いほどよくわかる。だって、俺もそうだから。俺がみんなに言ってやれるのは……」

言葉を詰まらせた俺に温かな激励が飛んだ。まだら兎は誇らしげだった。もらい泣きをしているやつまでいる。

自己憐憫の心地よさに我を忘れそうになった。洗いざらいぶちまけたくてたまらなかった。ずっとだれかに自分を肯定してもらいたかったのだ。大丈夫と言ってもらいたかった。そうすれば、どれほど救われることだろう。ひとりぼっちじゃないと知ることは、どんなにかすばらしいだろう。

「俺がおまえらに言ってやれるのは、人間なんざクソだってことだ」だから自分の言ったことを耳にしたとき、だれよりもびっくりしたのは俺自身だった。「人間になりたいなんてやつはそれ以下だ」

まだら兎の顔から愛が消え、あたりが急に冷えこみ、兎どもの目に灰色の靄《もや》がかかった。

こんなことが言いたかったわけではないのだ。なのに、口をついて出てきた言葉には力強い翼が生えていた。ドン・コヴェーロや〝伊達男〟・トニーの魂が煙になって、このジョニー・ラビットの体に入ってきた。そんな気がした。俺が俺でいるための安全装置が作動したか、さもなきゃ臆病風に吹かれてしまったかだ。

「問題はスズランでも人間になりたいって心でもねぇ」俺は言った。「ほんとの問題は、てめえら阿呆な兎どもがいつも大目に見てもらいたがってることさ」

「現実から目をそむけてはいけません」まだら兎は顔を軋ませて微笑した。「それが第一歩なのですから」

「目をつぶってたほうがよく見える現実もあるさ」

「生意気だぞ、こいつめ！」ようやく有象無象のなかから声があがった。「自分を何様だと思ってんだ！」

俺に対するおなじみの罵詈雑言がぶんぶん飛び交い、それがまだら兎を勇気づけた。

「ねえ、ジョニー」と、頭の悪いやつを諭《さと》すように切りこんでくる。「あなたのように強い者ばかりじゃない。それでも私たちは生きていかなくてはならないのです。よりよく生きるために、世界をよくしようとは思わないのですか？」

「俺にわかってるのは、すくなくともこの俺は世界をよくするために生まれてきたんじゃないってことさ」

「この世界をすこしでもよくするのは、つぎの世代に対する私たちの務めですよ」

「つぎの世代なんざ地獄に堕ちちまえ」

「あなたは自分以外で好きなものはあるんですか？」

「俺は自分のことだって好いちゃいないぜ」

「自分のことを嫌いだと言うのは、自己愛が強すぎるせいだとは思いませんか？」

「たしかにそうかもしれねぇな。だけど、抑えつけなきゃなんねぇもんってのは、いつだってそうしなきゃなんねぇ理由があるんだよ」

「まず欲望を認めなくては私たちは救われません」

「欲望を認めて救われるのは人間だけだぜ。やつらのいう自己実現ってやつさ。そんなもんは心がけひとつでどうにでもなる。ほかの動物になりたいなんて絶望的な欲望じゃないかぎりはな」

まだら兎は目を見開き、胸をふくらませた。

「なんだ」俺はやつをにらみつけた。「なんか文句あんのか、この野郎」

「そのとおりです！」

「……………」

「みなさん！　いま、はからずも真実が明らかになりました。ここにいるジョニーが」俺を指さす。「私たちサバトの黒兎の考えを代弁してくれたのです。そうです、兎はいくら欲望を認めても救われません。私たちは人間にはなれない。ジョニーの言うとおりだ」

世界が暴走をはじめたような感覚に、俺はすっかり恐れおののいた。事態がいきなり百八十度反転し、気がつけば自分の口から出た悪意が自分に牙をむいていた。

「ならば、そんな欲望はとり除かねばならない！」まだら兎が言った。

「あ、いや、ちょっと落ち着いてさ……」

「人間は滅びるべきなんです！」

「……」

「私たちが次世代のためにできるのはそれだけで、それこそがサバトの黒兎の教えなんです！」

もはや俺の出る幕はなかった。

「ジョニーが私たちの心に形をあたえてくれた」群集に語りかけるまだら兎の姿は神々しかった。「ジョニーのおかげで私たちはこの霧に閉ざされた、ひとりぼっちの、果てしない迷路からぬけ出すことができました！　おお、ジョニー！」

「**ありがとう、ジョニー！**」

兎どもの目が狂気の炎を噴く。叫び声はつぎの叫び声にかき消され、夕立のような激しい約束になった。

「人間は滅びます！　満月があなたの真上で輝くころ、正しいことを志す者は再会の樹へ集《つど》え！」

俺はこそこそとその場をぬけ出した。

永遠に死ねない呪いでもかけられたみたいだった。集会が終わってからテリー・ラビットのことを尋ねてまわったが、いちばんつっけんどんなやつでも俺の両頬にキスをしてくれた。こんなにも兎たちを温かいと思ったのは、生まれてはじめてだった。俺はもう半分くらいこいつらの仲間になっていたのだ。

7

博士ラビットはかれこれ小一時間ほど、俺が差し出した新聞に没頭していた。お手製の辞書を引いたり、赤ペンで線を引いたり、黒板に記号や数式をガリガリ書いて、そこから記事の内容を読み解く手がかりを得ようと奮闘していた。

「ねえ、博士、酒くらいおいてないんですか？」

返事を期待していたわけじゃないが、やはり俺の声は黙殺される運命だった。仕方なく三本目の煙草に火をつける。沈黙に耳を澄ませると、虫の翅音《はおと》やプラタナスの葉をゆらす風の声が聞こえた。

　プラタナスの林の博士ラビット。耳の垂れた、白と黒のブチ毛。若いときに人間の本をひろって以来、その解読に一生を捧げた筋金入りの一直線野郎だ。博士の弁によれば、その本を手にした瞬間、まるで雷にでも打たれたような衝撃が全身を貫いたという。

「あの全能感、あの陶酔感！　私の乾いた心に知識という名の泉が湧いたようだった」

　最初のうち、博士は本を持っているだけで満足だった。どこへいくにしても本を持参したそうだ。好奇心旺盛な兎に尋ねられると、博士は自慢げにこう答えた。「叡智だよ、きみ。この本に書かれているのは真理なのだ」

　えいち？　しんりだって？　それって、いったいなんのことなの？

「簡単に言えば、万物を結びつけている法則のことだよ。それさえ理解すれば、すべての謎はたちどころに解けてしまうだろう」

　みんなは顔を見あわせた。啓蒙の光がひと筋、天から射した。無知蒙昧の暗黒時代に別れを告げるときが、ついに兎にも訪れたのだ。

　一匹がおずおずと口を開いた。「兎はどこからやってきたのでしょう、博士？」

「いい質問だね」博士は彼方の銀嶺を指さし、よくとおる声でこう言った。「あっち」

「では、どこへいくのでしょう？」

「そっち」

すっかり感心してしまった兎たちがいっせいに質問を浴びせたのは言うまでもない。どうして僕たちのうんこは丸いのですか？　足が勝手にトントンと地面をたたくのはなぜ？　どうして大人になるとおしっこがくさくなるの？

「我々の糞が丸いのはな、きみ、尻の穴が丸いからだよ。当然じゃないか。もし尻の穴が星の形なら、糞も星の形になるだろう」本を読めるようになる前でさえ、博士には思慮深い答えがちゃんとあった。生まれついての学者だったのだ。「足が勝手に地面をたたくのはな、きみ……えーと、たぶん、無意識に地面の下にいるモグラを威嚇してるんじゃないのかな。だって、モグラもニンジンを食べるわけだからね。察するに、我々の足の裏にはモグラを探知するセンサーがついているのだろう。うん、きっとそうだ……え？　大人になるとおしっこがくさくなる？　そうかなぁ、私はそう思わんけどねぇ」

「ヒゲって必要なんですか？」

「ヒゲ？　そうねぇ、必要なんじゃないの、やっぱり……逆に訊くけど、きみ、なんでそんなことが気になるの？　ちぇっ、そんなに気になるならさ、一度ぬいてみれば？」

「ナキウサギはどうして耳が小さいのでしょう？」

「しまった、大事な用を思い出した！」

最後にそれだけを言い残して、博士ラビットはプラタナスの林まで突っ走った。以来、兎のカレンダーで五十年（人間のカレンダーでは五年）、博士は人間の言葉の研究に一身を投じた。隅々まで研究しつくした。この林から一歩も出ることなく。

たいしたものじゃないか。博士が人間の文字を読めるのは、そうしたたゆまぬ努力の賜物なのだ。兎たちはそんな神秘的な博士に一目おいている。よくわからないものには、いつだって魔力が宿るのだ。ちなみに博士自身が解き明かしたところによれば、自身の運命を変え、学究の徒として一生を捧げるきっかけとなったのは、東部配管工連合組合編『配管工に訊け！』という本だったそうだ。

「どうやらね、きみ、このジョルジ・マンシーニという男がキソされたけどホシャクになったという記事みたいだね」

俺は居ずまいを正した。

「ここではサツジンキョウサという言葉が使われているね」博士は咳払いをしてから先をつづけた。「記事の内容から察するに、このマンシーニという男がべつの人間に殺人を依頼したようだね」

「それで？」思わず身を乗り出していた。「なにか具体的なことが書いてあるんですか、博士？」

「グリーン・リボンというカンキョウホゴダンタイのリーダーが殺されたようだね。名前はモー・モンゴメリー」博士は記事を目で追った。「このグリーン・リボンはゲンシリョクハツデンシショのソウギョウテイシを求めていたんだが、えっと、なにかがどうにかなって……」

「なにかがどうにかなって？」

「そこのところの経緯は、まあ、さほど重要ではないからね」

「ちゃんと教えてくださいよ」

「まあ、いいじゃないか」

「もしかして、博士……」

「なにを言うんだね、きみは」博士は足をトントンさせた。「読めないわけじゃないよ、もちろん。ただ、時間の無駄だと思ってね。だってさ……ええい、話を聞く気があるのかね!?」

「……すみませんでした」

「ちぇっ、自分じゃ読めないくせにさ」ぶつくさ言いながらも、博士は眼鏡をかけなおした。「とにかく、このモー・モンゴメリーがマンシーニのデンワをロクオンしたそうだ。それが証拠になって、マンシーニをユウザイにできるはずだった。グリーン・リボンのリーダー代理、えっと、名前はアーヴィン・バレンタイン。その彼によればデンワのなかでマンシーニはこう言ってるそうだ。『ハツデンシショを廃止してどうする？　テレビも見れなくなるし、レンジでチンだってできなくなるんだぞ』」

「ほんとにそんなことが書いてあるんですか？」

「失敬なことを言うな。ちゃんとここに書いとるわ。それで、そのロクオンしたテープを新聞社に渡す手はずだったんだが、当のモー・モンゴメリーが殺されてしまった。理由はわからないけれど、テープもなくなってしまった。あとはこのバレンタインの証言にサイバンの行方はかかっとるそうだ」

「理由はわからないけれど？」

「ほんとだからな、今度はほんとにそう書いてあるんだからな！」

「今度は？」

「なんだね、その目は？　嘘じゃないぞ！　この〝mysterious〟という単語にはね、きみ、私は絶対的な自信があるんだ」言うなり、博士は座右の書とも言えるあの『配管工に訊け！』をふりかざした。「この本にたくさん出てくるんだからな。〝mysterious《ミステリアス》な水もれ〟、〝mysterious《いわくありげ》な水道管破裂〟、まだまだあるぞ！」

「わ、わかりましたよ」指をなめてページをめくろうとする博士をなんとかなだめる。

「それより、いくつかわからないことがあるんですけど」

「〝mysterious《不可解》な水道料金請求書〟……ん？　わからないことって？」

だがしかし、こっちが口を開こうとした瞬間、博士ラビットの眼鏡がキラリと光った。

「しまった、大事な用を思い出した！」

「あっ、博士！」

けっきょくなにも訊けずじまいだった。博士ラビットは旋風《つむじかぜ》のように部屋を飛び出し、そのまま林の奥へと消えた。

ひとりとり残された俺は、ソファから尻を浮かせた状態でしばらく固まっていた。博士ラビットがこの林で費やした（兎カレンダーでの）五十年の歳月は、学者としての知識のみならず、学者でありつづける術《すべ》を会得するのにもおおいに貢献したようだ。

ソファに腰をもどし、煙草に火をつける。

ドン・コヴェーロといっしょに暮らしていたこの俺にとって、博士ラビットが棒読みにした単語はけっして目新しいものではなかった。〝起訴〟、〝保釈〟、〝殺人教唆〟、〝原子力発電所〟。博士がアンダーラインをつけた単語を目で追う。そのなかで大文字ではじまる単語はふたつだけ、〝Irvin Valentine〟と〝Green Ribbon〟。人の名前と組織の名前の頭文字を人間どもはいつだって大文字で書く。音節的に考えて、〝Valentine〟を〝リボン〟とは発音しないはずだ。ならば、おそらく前者が〝アーヴィン・バレンタイン〟で、後者が……待てよ、ドン・コヴェーロに命じられて〝伊達男〟・トニーが車ごと爆弾で吹き飛ばしたあの環境活動家——ブライアン・グリーン——は、兎の復活教会のあの牧師ラビットの前の飼い主だったよな？　〝ブライアン・グリーン〟と〝グリーン・リボン〟。なるほど、そういうことか。犠牲になった仲間を偲《しの》んで、そいつの名前を冠した組織名をつける。いかにも人間どもの好きそうなこった。たったそれだけのことで、てめえらの贖罪がすっかりすんだと胸を撫で下ろしやがる。

なかば無意識に博士ラビットの部屋を出た俺は、スズラン谷へもどる道をとぼとぼたどった。

時折、自動車のヘッドライトが林のなかへのびてきて闇を一掃する。プラタナスの林は人間がハイウェイ沿いに植えた樹が、いつの間にか広がってできた。いうなれば、人間文明と野生の緩衝地帯なのだ。そんなところに博士ラビットが暮らしているのは、なんとも象徴的な気がした。

月が満ちている。蓬《よもぎ》の強いにおいが鼻についた。満月まで、あと二夜。

ジョルジ・マンシーニは原子力発電所のことですったもんだやっている。俺は考えた。モー・モンゴメリーへの殺人教唆で起訴されたはいいが、いまは保釈中。この件にはマンシーニの従兄のギルバート・ロス上院議員もからんでると見たほうがいい。ブライアン・グリーンはこのふたりがつながっているとも知らずに、原発建設業者を告発したレポートをせっせとロスに送った。牧師ラビットがそう言っていた。そのせいでドン・コヴェーロは破滅したのだ。が、ここへきて新たな頭痛の種ができた。アーヴィン・バレンタイン。この男の証言次第でマンシーニの運命が決まる。

どう考えればいい？

人間を滅ぼせ、というのがサバトの黒兎の教えだ。でも、ただの兎のくせにいったいどうやって？　やつらは再会の樹でなにかをやらかそうとしている。そのためにモーターまで手に入れた。

「ねえ、あんた」

ふりかえると、小汚い兎がいた。

「あんた、こないだスリムさんの店にいただろ」

俺はそのガキを見つめた。「おまえ、新聞を売りつけにきた……」

「おいら、トビーってんだ」

「そうだ、トビーだったな」

「これ、買ってくんない？」屑ひろいのトビーは厚紙のボードのようなものを差し出した。黒い人間の写真が載っている。「ニンジン二本でいいよ」

「それがなんだか知ってるのかい？」

「人間の道具さ」

「それはな、レコードっていうんだ。人間の音楽が埋めこまれてるのさ」

「どうでもいいよ、そんなこと」トビーは肩をすくめた。「ねえ、買ってよ」

「レコードってのはな、それだけじゃ役に立たないんだ。ステレオって機械がなきゃ、ただのゴミさ」

「なんなら一本でもいいからさ。弟や妹たちがおいらを待ってんだ」

「何匹いるんだい？」

「九匹さ。みんな腹をすかせておいらを待ってんだ」

「で、病気の母ちゃんもいるんだろ？」

「なんでわかるの？」

「ハッ、悪いな」そう言って歩き出そうとしたとき、不意にある考えがひらめいた。

「なあ、トビー」

「買ってくれるのかい？」

「あの新聞はどこでひろってきた？」

トビーは口をへの字に結び、用心深くあとずさりした。

「いいか、ニンジン五本だ」俺は手に持っていた新聞を広げ、〝Valentine〟という単語だけを破りとって差し出した。「この人間の言葉はな、バレンタインって読むんだ」

「バレンタイン？」

「あのホテルの２０６号室だ」俺は指さした。「ニンジンがほしけりゃ、この言葉が出てる新聞を持ってこい」

8

気のせいなんかじゃなかった。

ベッドに寝そべったまま薄目を開ける。窓から射しこむ光線の具合で、黄昏までにはまだ猶予のあることがわかった。夜行性の俺たちにとっては、まだ夜明け前と言ってもいいような時間、草木も眠るなんとやらだ。

またドアがノックされる。
一、二、三……六回。
こんな時間に、この回数のノック。トビーじゃない。もしあの屑ひろいの小僧がアーヴィン・バレンタインの記事を見つけたのなら、えんえんとドアをたたきつづけるはずだ。

「どちらさん?」と、俺は尋ねた。

やや間があってから、声がかえってきた。「こちらはジョニー・ラビットさんのお部屋では?」

「ちがいますよ」

「サバトの黒兎の者ですが」

「ちょっと待ってくれ」

俺はベッドからぬけ出し、なにか武器になるものはないかとあたりを見まわした。となりの白兎をぶちのめしたときの石が落ちていた。乾いた血がこびりついている。それを背中に隠して、ドアを開けてやった。

にこにこ顔の兎が立っていた。

深呼吸ひとつで、すぐにわかった。俺の予想を裏切るものがあるとすれば、それは背の低さだけだった。ソフィアに渡された毛の感じから、もっと上背があるものと決めてかかっていた。

廊下の両側に目を走らせる。どうやら相手はたったひとりのようだ。毛なみは俺とおなじグレー。笑みをたたえたその顔はおだやかで、心の平和がにじみ出ている。テリー・ラビットはただの幸せな兎に見えた。

俺はひどく困惑してしまった。魔法みたいにいきなり尋ね人があらわれたせいかもしれない。現実感がいつまでも追いついてこない。テリー・ラビットはいま、まちがいなく俺の目の前にいる。だけど、それと同時にどこにもいなかった。わかってもらえるだろうか？　たとえるなら、天敵の影を風のなかに感じたときの居心地の悪さとでも言おうか。目に見えないのにそれはちゃんと存在していて、こちらをじっと見ている。なにかがおかしい。ちょっとでも気をぬけば、足をトントンさせてしまいそうだった。

「入っても？」

体を開いてやると、テリー・ラビットはにっこり笑い、俺の前をとおりぬけて部屋に足を踏み入れた。

そのときだ。決定的な違和感に襲われたのは。部屋に入るとき、こいつはピクリとも鼻を動かさなかったのだ。

人間の諺《ことわざ》に〝百聞は一見にしかず〟ってのがある。それを兎におきかえると、さしずめ〝百見は一嗅にしかず〟だ。俺たち兎は目に見えるものを信じない。においこそが絶対確実なもの、存在証明であり、不在証明《アリバイ》でもある。大馬鹿者のアレン・ジャクソンはよく俺にライオンや鰐《わに》の写真を見せてよろこんでいた（「ガオー、おまえを食ってやるぞ！」）。阿呆か。写真どころか、百インチのテレビで見せられても屁でもないわ。目は嘘つきだ。アレンのやつが裸の女の写真を拝みながらチンコをいじくっているのを見るたびに、俺は悲しくなったものだ。こいつは動物としての本能がとことんぶっ壊れてやがる。写真ってのはただのインクの配列で、おなじインクをべつの配列でならべれば、べつの像をつくり出すことができる。人間だってそんなことは百も承知なのに、体が勝手に反応しちまう。においがなくても興奮できるなら、女の裸じゃなくても、パンジーでも豚のケツでもいいじゃないか。

「で?」俺はドアを閉めてから相手にむきなおった。「なんの用だ?」

口を開く前にテリーはキラキラした目で俺を見た。涙さえ浮かべているみたいだった。

「僕はテレンス、テレンス・ラビット」

「だれから俺のことを聞いた?」

「すわっても?」

俺は相手に半眼をすえた。

余裕かましやがって。とりあえず、このジョニー様が一筋縄ではいかない男だということを教えといたほうがよさそうだ。そこで、持っていた石をこれ見よがしにベッドの上に放り投げてみた。こっちは暴力も辞さないのだということ、おまえなんか素手でも大丈夫だということを見せつけたかったのだが、テリー・ラビットの顔から笑みが消えることはなかった。俺は肩をすくめるしかなかった。

「ありがとう」そう言って、テリーは窓辺の椅子に腰かけた。

「どういうことだ、これは?」

「どうして僕たちのことを調べてるんですか?」

「守秘義務ってのがあってね」

「依頼者は兎の復活教会ですか?」

俺は返事をしなかった。

「図星ですね」テリーは鼻で笑った。「で、なにか収穫はありましたか？」

「おまえがただの下っ端だってことがわかったよ」

「そのとおり。僕はただの賛同者です」

「SAを仕切ってたあのまだら兎がリーダーか？」

「そうです。彼は……」

「おっと、言わなくてもいいぜ」俺は両手でやつを制した。「そっちは俺の仕事とは関係ない。俺が知りたいのは、そんな下っ端のおまえをなんで兎の復活教会が捜してるのかってことだ」

「どうしてだと思いますか？」

「兎の失踪なんざめずらしくもないし、賭けてもいいが、あのファンキーな牧師ラビットに大それた考えなんざあるわけがない。歌って、おどって、すっきりして、それだけだ」言葉を切る。「だとしたら、これは教会の依頼に見せかけた個人的な依頼なのかもな」

テリーは肯定も否定もせず、ただ微笑していた。

「なんで俺を訪ねてきた？」

「わかりませんか？」

「ひとりできたってことは、俺を脅迫しようと思ってるわけじゃない」俺は煙草に火をつけた。「せっかくおいでくだすったんだ。懺悔《ざんげ》したいなら、話くらいは聞いてやるぜ」

「そうですね、じゃあ聞いてもらいましょうか」

「………」

「子どものころから、ある理由で僕はほかの兎たちとはちがっていました」

こっちの心の準備も整わないうちに、テリーは静かに語りだした。

「親は僕がすぐに死ぬだろうと思っていました。でも、だからといって大騒ぎするほどのことでもありません。兎のメスが一生でどれくらい子どもを産むかご存知ですか?」

「教えてくれよ」

「僕だって知りません。でも、とにかくたくさんの子どもを産みます。だから子どもが死んだって、どうってことないんです。でも、僕は死ぬのが恐ろしかった。死ぬのはみんな恐ろしいけど、みんなは痛みや恐怖や空腹感から逃れるついでに死から遠ざかっているだけです。満腹になれば、だれも死のことなんて考えません。僕は死そのものが恐ろしかった。自分が消えてなくなるということが耐えられなかった。だから、死についてずっと考えていました。どうやったら死を乗り越えられるか、どうやったら消滅せずにいられるか」

俺は黙って話を聞いた。

「そんなことはできやしません。時期がきたら、みんな死ぬしかない。僕たちにできるのは、生きた証《あかし》を残すことだけなんです」

「人間の話みたいになってきたな」

「人間が人間になったのは、死というものを考えぬいたからだと思います。それはすばらしいことです。だけど死から目をそむけるために、人間はあまりにも多くを壊しすぎました。そろそろつぎの生物が人間にとってかわるべきなんです」

「で、そのつぎの生物ってのが兎なのかい？　おまえは自分が新しい兎だとでも言いたいのかい？」

「そう、僕たちは新しい兎なんです」

「ほう、どう新しいんだい？」

「僕たちは崇高な目的のために命を投げ出せます」

俺は溜息をつき、頭をぽりぽりかいた。

「それを教えてくれたのは父です。父は言いました。人間だって兎のように死にふりまわされている、けれど人間と兎では決定的にちがうところがある」

「決定的なちがい？」

「なんだかわかりますか？」

「もちろんわかるさ」そう答えてやると、テリー・ラビットの瞳が輝いた。「人間は狩るほう、兎は狩られるほうだ」

「茶化さないでください」

「おまえら、どうやってこの谷にきた？」

「……」

「ハイウェイ沿いにプラタナスの林をとおってきたろ？　俺は銀狐の野原を突っきってきたぜ」

「だから僕たちには死ぬ覚悟がないとでも？」

「そんなことは土壇場になんねぇとなんとも言えないさ。だけど、どっちかに賭けなきゃなんねぇとしたら、俺はおまえらが死の手前でまわれ右するほうに賭けるね」

「命はひとつだけです。建設的な判断をしてなにが悪いんですか？」

「まあ、どうなるか見てみようぜ」

悲しみの色が相手の顔をよぎった。俺にはそう見えた。テリーは目をしばたたかせた。

「もうひとつ訊いてもいいかい？　おまえの親父さんの飼い主ってどんなやつだったんだい？」

「なぜ？」

「人間に飼われたことがなきゃ、そんなことはなかなか言えるこっちゃねぇ。俺だって半年前まで人間のところにいたよ」

　口を開く前にテリーはしばし沈黙した。

「色の白い人間だったと言ってました。世のなかのなにもかもに腹をたててるような人で、拳銃を所持していたそうです。父はカゴに入れられて、窓のそばにおかれていました。そこからは樫の樹が見えたそうです。樹にはリスがたくさんいて、おたがいを憎みあっていたと聞きました」

「そこから逃げ出したわけだ」

「飼い主が酔っぱらったときに投げた酒壜がカゴにあたったんだそうです。僕はシクラメン通りで生まれました」テリーはすがりつくような目をこっちにむけていた。「あなたは？　あなたの飼い主はどんな人だったんですか？」

「ふつうの人間さ」

「答えてください！」たじろいだ俺を見て、やつのほうが動揺した。「大きな声を出してすみません。でも、どんな人だったんですか？」

「そうだな、頭で考えなくても死ってやつを隅から隅まで知っていた男さ」

　テリーが目をすがめた。俺の言い方が気に障ったようだ。

「あなたに父のなにがわかるっていうんですか？」

「そんなことは関係ねぇんだよ」こっちも目に力をこめる。「俺の仕事はおまえの居場所を見つけてクライアントに報告することだけだ。そして、その仕事はもうほとんどかたづいた。ここでおまえと新しい兎像を語りあうつもりはねぇな」

「かたづいた?」

「明日の夜、崇高な目的とやらのために再会の樹でなにかやらかすんだろ? おっと、言わなくていいぜ。知りたくもねぇや。陽が落ちたら俺はシクラメン通りに帰る。今度は建設的にプラタナスの林をのんびりまわってな。で、クライアントにこのことを報告して一件落着さ」

「で?」

「乾杯でもするさ」

「ソフィア・ラビットと?」

言葉に詰まった俺を見て、テリーがニヤリと笑った。

「おまえらの邪魔をするつもりはさらさらねぇから安心しな」俺は言った。「人間を滅ぼすなんて戯言《たわごと》、興味もねぇし」

「興味……ない?」

そう言ったきりテリーは顔を伏せ、かなり長いあいだうんともすんとも言わなかった。俺は目の前のガキをとっくりと観察した。ひどく動揺しているように見えた。打ちひしがれていると言ってもいいくらいだ。なのに足をトントンさせるどころか、においから真相に近づこうとする努力さえ放棄している。もしこのガキがちょっとでも鼻を使ったら、俺の、このジョニー・ラビットの苛立ちのにおいを嗅ぎとることができただろう。だって、俺は自分の口から出た言葉の半分もクールじゃなかったのだから。クールでいるには謎が多すぎた。まるで謎かけのような独白。その声からにじみ出る強い悲しみのにおい。

テリーは顔を伏せたまま、肩をふるわせていた。最初は泣いているのかと思ったが、かすかだった笑い声はだんだん大きくなり、次第にブレーキが効かなくなっていった。

「なにがおかしい？」

「僕たちってやっぱり似てるなぁ」

「………」

「そうだよなぁ、やっぱり興味ないよなぁ。じゃあ、これはどうかな？」

顔を上げたテリーはまるで別人のようだった。笑っている口の上で、見開かれた両目がギラギラ光っている。テレンスなんていう名前ではなく、兎ですらないみたいだった。

「再会の樹の近くで兎がたてつづけに死んでいた事件、これなら興味を持ってもらえるかな？」

「ちょっと待て……」

「僕たちは人間を滅ぼす」やつは待ったりしなかった。「そのためにはまず僕たち兎が滅びるしかないんだ。『復活は滅びのあとにやってくる』、そうでしょ?」

なにかが俺のなかではじけた。

天空の鷹にでも狙われているような感じ。問答無用の邪悪に理性が遮断され、本能の火の玉が脳天で炸裂した。つかつかと窓辺までいくと、俺はテリーを椅子の上から殴り落とした。

「あははは!」やつは体をよじって笑いころげた。「どうしたの、パパ? 急にむきになっちゃってさ!」

「俺のことをパパなんて呼ぶんじゃねぇ!」

「パパ! パパ! **あははは、パパ!**」

気がつけば腹を蹴り上げ、顔面を何度も殴りつけていた。

やつの口が切れ、血が飛んだ。俺の拳も切れた。それでも笑い声はやむどころか、狂気の甘い香りをおびて燃え広がっていった。胸倉をつかみ上げ、野郎の体をベッドに放り投げる。目の端から石を手繰り寄せ、高々とふりかざす。

俺を突き動かしていたものがなんなのかはわからない。けれど、わかっていることもある。しかも、ふたつ。ひとつは、もしそれが人間の言う殺意ってやつなら、このジョニー・ラビットが兎を超越する日もそう遠くないだろうってこと。そしてもうひとつは、口から血を流して笑っているテリー・ラビットが、もうその細い線を越えてしまっているということ。

が、なんのちがいがある？　どのみち、俺はなにもできなかったのだから。石をふり下ろそうとしたまさにその瞬間、冷たい靄が顔にかかった。樫《オーク》のにおいがしたこと、体にしびれが走ったことは憶えている。憶えているのはそれだけだ。記憶が飛んで、つぎにわかったのはベッドにひっくりかえった俺をテリー・ラビットが感情のない目で見下ろしていることだった。

「父は僕に言いました、人間は自ら死を呼び寄せることができるってね」

やつの口がゆっくりと動く。その声はくぐもっていて、さざ波のような残響が何度も俺の脳みそを洗った。

「それこそが人間とほかの動物の決定的なちがいなんです。死に近づける者だけが万物の頂点に君臨できるんです」

声どころか、指一本動かせない。

テリーの目は、俺のよく知っているあの懐かしい目だった。ドン・コヴェーロ、〝伊達男〟・トニー、ラッキーボーイ・ボビー、だれでもいい。人間が拳銃の引金をしぼるときの目。実際、やつの手には拳銃のようなものが握りしめられていた。

「これは霧吹きという人間の道具です」テリーはその不恰好な拳銃を持ち上げた。「このなかには薄めた人間の酒が入っています」

スコッチだ！　俺は心のなかで叫んだ。ちくしょう、この野郎、スコッチ・ウィスキーをぶっかけやがった！

「やっぱり知ってましたか。そうですよね、人間に飼われてたんだものね、あんたは。だったら、これも知ってるかな？　蒸発するアルコールを吸いこむだけで、僕たちが死んじゃうってことをさ」

　知らないわけがない。

　ドン・コヴェーロのところには俺のほかにもう一匹兎がいた。名前はディーディー。ボタンやビニールラップを呑みこんでは二度も開腹手術をした、体重が九キロもある空前絶後のうつけ者だ。このジョニー・ラビットの体には東西南北の血が入っているが、ドンのかみさんのイザベラによればディーディー・ラビットに入っている血はたったのひとつだけ。不思議なことに、彼女はこのディーディーのほうばかりを贔屓《ひいき》した。〝フランダースの巨人《フレミッシュジャイアント》〟というあだ名までつけて、いつもそばにおいていたほどだ。それが災いした。ドンの女遊びを知ってミセス・コヴェーロがへべれけに酔っぱらったとき、このディーディー・ザ・ジャイアントがウィスキーのキャップを口に入れたのだ。巨人はその場でくたばり、イザベラはドンにベルトでさんざんぶたれた。キャップごときであのディーディーが死ぬはずがない。ならば、死因はウィスキーだってことになる。

「大丈夫、殺すつもりはないよ。あんたはあと一歩でこっち側にこれるんだもの。ただ、知っといてもらいたいんだ」まるでこっちの心が読めるかのように、テリーは俺の無言の問いに答えた。「僕がちゃんと存在していたことをね」

そこまでだった。

世界がぐるぐるまわりながら暗転し、俺は闇のなかに真っ逆さまに墜ちていった。悲しみのにおいだけが、いつまでも消えずに残った。

9

現実がだんだん薄れていくと、その現実がじつは現実なんかじゃないってことがわかってくる。

そんなものなのだ。

それでも俺は、膝にのせた仔兎の質問に答えられずにいる。ねえ、においのない世界って想像できる？　俺は鼻をヒクつかせる。あたりにたちこめていたアカシアの香りは、いつの間にかすっかり消え失せている。風のにおい、土のにおい、雨をふくんだ草……すべてのにおいが曖昧になり、ほんのすこしのあいだは記憶に寄りかかっていられるけれど、やがて世界からなにかが引き算される。俺はアカシアの樹に自信が持てなくなる。風は肌で感じられるから、すこしましだ。だけど、土は？　草は？　お天道様や月は？　兎は笑わない。笑わなくても、みんな相手が笑っていることを知っている。俺にはわからない。笑いのにおいがこのジョニー・ラビットにだけとどかない。そこで、俺は笑いを言葉にする。そうすれば、すこしでもみんなに近づける。俺はしゃべる。しゃべりつづける。言葉はいつしか概念になり、それから比喩になり、象徴になり、最後に死ぬ。ねえ、パパ、と仔兎が俺をせっつく。どうして僕だけほかの子とちがうの？　どうしてなにもにおわないの？

死を味方につけろ、息子よ、そうすればなにも怖くないから。無味無臭の言葉はひとり歩きし、あちこちに体をぶつけながら金属質な真理に練成されていく。目を開ける。仔兎はもうどこにもいない。天井のファンがゆっくりと回転している。

ベッドから体を起こすと、アルコールの残り滓《かす》に脳みそを軽くしめつけられた。どれくらい気を失っていたのかはわからないが、西の窓から見える月はずいぶん前に落下軌道に入っているようだった。

わななく手で煙草に火をつける。

「ちくしょう……」

一服し、頭を抱えてうずくまった。くそ、ついに人間と兎の垣根を越えた新しい生命体が誕生したとでもいうのか？

煙草一本が燃えつきるまで、そのままじっとしていた。それから、ふらふらと部屋を出た。廊下をとおり、階段を下り、むかいのバーに入って酒を注文した。

店はたいした入りじゃなかった。しょぼくれた酔っぱらいが二、三匹、カウンターにとまっているだけだった。

俺は煙草を吸いながら、ぼんやりとグラスを見つめた。

頭のイカレたやつはむかしもいたし、これからだっていくらでも出てくる。ちょいとばかり危ない目にも遭ったが、探偵稼業に危険はつきもの。俺はテリー・ラビットのことを頭から締め出した。ともあれ、やつは見つかったのだ。仕事は終わった。だったら、どうしてあんな野郎のことを気にかけなきゃならない？　人間を滅ぼしたいのなら、お好きにどうぞ。スコッチ・ウィスキーを大盤ぶるまいしてやりゃ、たしかにドブ鼠みたいな下衆野郎を何人かは昇天させられるだろうぜ。そんなことにかかずらっているほど、このジョニー様は暇じゃねぇや。考えなきゃならないことなら、ほかにいくらでもある。たとえば……そう、酒だ。人間の酒とくらべたら兎の酒なんて、くそ、岩清水みたいなもんだぜ。ガッツもなきゃ、キックもない。いくら飲んでも酔えやしない。いくら飲んでも、ドン・コヴェーロがグラッパを愛したようには愛せない。

酒をあおって指で呼ぶと、ガタイのいいバーテンがやってきてモーニング・グローリーを注ぎ足してくれた。

グラッパを飲んで酔っぱらうと、ドンはよくしっとりと哀愁をおびたカンツォーネのレコードをかけた。そして、こんなとりとめのない話をしたものだ。「このグラッパってのはな、バッサーノ・デル・グラッパって北イタリアのちっぽけな町の地酒よ。俺の爺様のヴィト・コヴェーロが生まれた場所さ。ヴェネツィアから車でちょいとばかりいったところだそうだ。爺様がよく言ってたよ。『どんなにつらいことがあっても、わしらにゃこのグラッパがあるじゃねぇか』ってな。この酒を飲むときに思うのはな、ジョニー、俺の名前がヴィトじゃなくてほんとによかったってことさ。『ゴッドファーザー』って映画を知ってるかい？　マーロン・ブランドのせいでヴィトって名前はマフィオーソにゃ永久欠番になっちまったのさ。ベーブ・ルースがふたりいないのとおなじことよ」

つまり人間ってやつは、もう思い出の灰になっちまったご先祖様や、いったこともないし、これからだっていくかどうかわからないような場所をちゃんと愛せるということだ。兎の目から見れば到底理解しがたいそうした愛着が人間の原動力になる。すくなくともドンはそういう男だった。自分の血を流しているときでも、他人の血を流しているときでも、カエターノ・コヴェーロのなかには見果てぬ故郷があった。男はそうやって一家をかまえたのだ。

ハッとして、グラスを口に運ぶ手が止まる。

思考のむかう先が見えてゾッとした。いやいや、そんなはずはない。頭をふり、ついでに自嘲気味に笑ってみる。このジョニー・ラビットともあろう者があんな若造に言いくるめられてたまるか。冗談じゃない。テリー・ラビットが親父の思い出を大事にしてるからって、それでやつが兎を超越した証明になんかなるもんか。

頭ではわかっていた。テリーを否定する理論なら即座に一ダースほど編み出せる。やつはぶっ壊れてるんだ。

それでも俺の体の奥深いところには、テリーのことを否定しきれないもうひとりの俺がいた。そいつが耳元でささやく。おまえにはわかってるはずだぜ、ジョニー、兎どもにさんざん煮え湯を飲まされてきたおまえならな。テリーはなにがしかの真理に到達したんだよ。だって、ラビッチどもは生まれて半年も経てばガンガン子づくりに励むようになるんだぜ。で、産んだら産みっぱなし、ちょいと休んでまた妊娠、死ぬまでそのくりかえしじゃないか。そんな俺たち兎に人間のような家族の概念など持てっこないだろ？　ある種の魚みたいに夫婦で子育てをしたり、ある種の鳥みたいに年中ひとりの配偶者といるなんて、馬鹿も休み休み言えって感じだ。だけど、テリー・ボーイはちがうぜ。あの子は父親の思い出に縛られている。いいかい、縛られてるんだ。目をそむけるなよ、ジョニー・ボーイ。「俺たちの感情の根っこにあるのは無関心と満腹感と空腹感だけさ」ロイ・ラビットにこう言ったのは、どこのどいつだい? ライオンのように自由に駆け、鷲のように自由に大空を飛ぶ？　そんなものは人間どもの比喩でしかない。ライオンが走るのも鷲が飛ぶのも、ただたんに腹が減ってるからさ。さもなきゃ、下半身に火がついちまったかだ。とにかく、自由とはなんの関係もない。動物はけっして自由にはなれないんだ。なぜって、精神を縛りつけるものがなにもないからさ。精神自体があるのかも怪しいもんだぜ。グラッパ、バッサーノ・デル・グラッパ、爺様のヴィト、死を説く父親。テリー・ボーイにはちゃんとそれがあるんだぜ。

バーテンが近づき、俺はテリーから自由になりたい一心で話しかけた。

「おかわりだ。ダブルで」

モーニング・グローリーの壜を持ち上げたバーテンは俺のグラスを見て、つぎに俺を見た。「まだずいぶん残ってるぜ」

俺はグラスを一気にあけ、カウンターにタンッとおいた。「ダブルだ」

バーテンはどうしたもんかとすこし考えるそぶりを見せた。

「けちけちすんなよ、ビッグ・E」酔っぱらいが声を張りあげた。「こんな夜なんだぜ」

バーテンはそっちに一瞥をくれ、首をふりながら俺のグラスを満たしてくれた。

「景気はどうだい？」俺は酔っぱらいにグラスをかかげてから、バーテンにむきなおった。「今夜は出足が鈍いみたいだな」

「そりゃあな」

「なんかあったのかい？」

バーテンどころか、酔っぱらいも俺の問いに妙な反応をした。

「なんだ？」俺はふたりにかわるがわる目をやった。「どうした？」

「どうもこうも、あんた、冬眠でもしてたんか？」と、酔っぱらいが言った。

「冬眠か。まあ、似たようなもんかな」

「じゃあ、ほんとになにも知らんのかい？」

俺は酒をすすった。

「こりゃ驚いた。ずいぶんのんびりしたやつがいたもんだ。教えてやんなよ、ビッグ・E」

「今夜、サバトの黒兎の集会があったんだ」グラスを拭きながら、バーテンはあまり口を動かさずに言った。「再会の樹で兄弟たちがたくさん死んだんだよ」

「……え？」

「見てきたやつの話だと二十や三十じゃきかないそうだ」

「だから言わんこっちゃねぇんだ」酔っぱらいが話をひきとる。「人間の真似なんかしてると、ろくなことになんねぇのさ」

「ちょ、ちょっと待ってくれ。いま今夜って言ったのかい?」俺はどうにか訊きかえした。「でも集会は明日のはずだぜ。そうさ、俺はたしかに満月の晩だって聞いたぜ」

バーテンと酔っぱらいが顔を見あわせた。

酔っぱらいが力なく笑い、自分の酒にもどっていった。バーテンはカウンターの端にいく前に、俺にむかって身を乗り出した。「死んだのがみんなおまえみたいなジャンキーだったらよかったんだけどな」

俺を襲った眩暈《めまい》はくそったれのテリー・ラビットにぶっかけられたスコッチ・ウィスキーのせいかもしれないし、そうじゃないかもしれない。体のふるえだってそうだ。だけど、そんなことはどうでもいい。

ふらつく足で店を出て、祈るような気持ちで夜空を見上げた。

どこかでナイチンゲールが鳴いた。空にかかった十五夜の月は、その声に耳を澄ましているみたいだった。

シルクハットからひっぱり出された兎にでもなったような気分だ。一秒前は闇のなか、一秒後には目も眩《くら》む舞台の上。

どうしてこんな裏目が出るのか、ちっともわからなかった。ほんの数時間のことだと思っていたのに、俺が気を失っているあいだに時計は二周以上もまわっていた勘定になる。こんなひどいペテンは聞いたこともない。

だから、俺はひたすら走った。走るしかなかった。イカサマ師に巻きあげられた時間をとりかえすために。真ん丸い望月が伴走してくれた。

ちくしょう！

食えるもんなら食ってみろとばかりに銀狐の野原を突きぬけ、薔薇の茂みには体を切りつけられ、ころがるようにして山道を駆け下りる。肺がぺちゃんこになり、心臓は焼けつく寸前。それでも足を止めなかった。

止まらなかった。イザベラ・コヴェーロが車をぶっ飛ばして埠頭から海につっこんだときも、こんな気分だったにちがいない。それはドンとイザベラの一粒種のマイケルが、だれかに頭を撃ちぬかれて神に召された日のことだった。

兎の真の復活、ソフィア・ラビットのあえぎ声、壁一面の時計、日本って国のショーグン、うつむいたテリー・ラビット……追いすがってくる使いみちのない記憶たちを加速してふりきる。ハイウェイを越え、今宵も青白く光る再会の樹を目指して走りに走りぬいた。そのおかげで、夜明け前にはたどり着くことができた。

予感はあった。ずいぶん遠くからアルコールの気配が風にまぎれていたのだから。においの強いほうに鼻面をむけるだけでよかった。あとは足が勝手に動いた。

そして、俺は見た。バーテンの話がデタラメなんかじゃないことを。

折り重なっている者、土をつかんでいる者、抱きあっている者、あの世に旅立ったことに気づいてさえいない者。頭上にそびえる再会の樹がぼんやり光っている。それは行き場をなくした魂たちの墓標だった。

俺は立ちつくし、いやなにおいの風に吹かれ、死者たちのあいだをさまよい歩いた。大人、子供、男、女、太ったやつ、痩せたやつ——スリム・ラビットは目をひんむいてくたばっていた。どうしたんだよ、とっつぁん、これがあんたの想い描いてたものなのかい？　ジャンキーのヨーヨーもいた。ヨーヨーのやつは笑っているように見えた。白、黒、茶、グレー、ブチ。どうだい、これ？　まるで死んだ兎の万国博覧会みたいじゃないか。

無感覚になってゆく。

怖いとすら思わない。

屑ひろいのトビーを見つけたときには、心がもう半分死にかけていた。死がひとつだけのときは、その死は実際よりも大きな意味を持つ。死がたくさん寄りあつまったときには、ひとつひとつの死は実際より小さな意味しか持たない。そして死が理解を超えるくらいたくさんあつまれば、死はもう死ですらなくなる。

「そいつは俺が注文したやつかい？」俺は膝を折り、トビーが握りしめていた新聞をひろい上げ、かわりにニンジンを一本握らせてやった。「ありがとうよ、トビー・ボーイ」

空気を切るような音に目をむける。

発電所の塀のそばで虚しく回転しているスプリンクラーが見えた。モーターのうなりも聞こえる。スプリンクラーからはホースがのびていて、その先が木樽のなかに吸いこまれていた。アルコールのにおいはそこがいちばん強かった。

鼻をおおい、そっちに足をむける。壁際にならんで横たわっている者たちは、手と手をしっかりつないでいた。SAで見かけた顔がちらほらあった。人間に抱かれたいと泣いていた、あの痩せっぽっちのラビッチ。悪夢におびえていたマーカス・ラビット。まだら兎はどこにも見あたらなかった。そのことに腹をたてるべきかどうか、俺にはわからなかった。きっと腹なんかたてなくてもいいのだろう。臆病なやつがいなければ、夢など見れやしないのだから。

テリー・ラビットはちょうど真ん中あたりにいた。

俺はやつのおだやかな死顔を見下ろした。閉じた目蓋《まぶた》から、うっすらと涙がにじみ出ていた。そして、待った。自分のなかでなにかが湧き上がってくるのを。屁理屈や卑屈な自我を吹き飛ばしてくれる圧倒的ななにかを。

頭と足だけが橙《だいだいいろ》色の真っ黒なムカデが、テリーたちのそばを堂々と這っていた。こんなにでかくて立派なやつは見たことがない。ムカデは百本の足をざわざわ動かしながら、確実にどこかへむかっていた。さながら、兎たちの魂を乗せたちっちゃな急行列車のように。

ムカデよムカデ、どうかその毒顎でみんなを守ってくれ。無事に送りとどけてやってくれ。

やがて曙光が東の空をまだらに染め、新しい朝のための歌を小鳥たちが口ずさみだした。スズメ、カケス……おや、ものまね鳥《マネシツグミ》もいるぞ。

いくら待っても、俺を満たしてくれるものは訪れてくれなかった。怒りどころか、悲しみさえどこにも見あたらない。

耳障りな声にふりむく。再会の樹の排水溝から這い出してきたのだろう、ガリガリに痩せたドブ鼠が死体を嗅ぎまわっていた。そいつはぶつぶつ文句を言いながら死体から死体へと渡り歩き、しまいには俺の前までやってきた。体が変な具合にねじれていた。

「くそ、こうアルコールくさくっちゃ、もうちょい腐るまで食えたもんじゃねぇな」

「兎を食うのかい？」

「くたばっちまえば兎も鼠もただの肉さ」

「あんた、その体、どうしたんだい？」

「背骨がちょいとばかり曲がってるのさ。それだけさ」

一瞬、こいつのことを殴り飛ばしてやろうかと思った。鼠とは名ばかりのこんな野郎はぶん殴られるべきだし、しかもこっぴどくぶん殴られるべきだ。そうだ、石かなんかでその汚い出っ歯を砕いちまえ。そうすれば、この世には死に敬意を払うやつもいるってことを教えてやれるだろう。むかし、俺はドブ鼠にたすけられた。ボボ・マウスという友達もできた。だけど友達だと思っていたのは右も左もわからなかった俺だけで、鼠どもはこのジョニー様を保存食かなにかと見ていたのだ。

「こいつらがどうして死んだか知ってるかい？」俺は尋ねた。

「知ってどうなるってんだ？」

「こいつらはな」テリーを見やる。「兎を超えようとしたんだ」

「ああ、そうだろうよ」ドブ鼠はまるでドブ鼠でも見るような目で俺を見た。「ケッ、俺たち鼠にもそんなやつはごまんといるぜ」

「ほう、そうかい？」

「死についてペチャクチャやりだすんだろ？」

「……」

「ドブ鼠がそんなことを考えるなんてびっくりしたかい、大将？」

なにも言えなかった。

「こんがらがっちまうやつってのは、こんがらがるのが好きなのさ」そいつは死体にかぶりつき、すぐに顔をしかめて肉を吐き出した。「くそ、やっぱり食えたもんじゃねぇや」

なんてこった。

大声で毒づきながら排水溝へもぐっていくドブ鼠を見送ったあとでは、テリーの抜け殻がひどく色褪せて見えた。きっと太陽がのぼったせいだ。世界はすがすがしく、力強く、あらゆることを肯定し、そして否定していた。

戦士さんよ。俺は心のなかでこう思った。いまのを聞いたかい？　人間を滅ぼす？　ヘッ、おまえらの死なんざ、鼠一匹どうこうする力もないんだぜ。世界がこれほど広く、深いとは思いもしなかったろ？

ひどく疲れてしまった。体が鉛の詰まったずた袋にでもなってしまったみたいだ。考えてみれば、丸一日なにも食ってないじゃないか。それにスズラン谷からここまで、夜っぴて走りどおしだったのだ。

だれにともなく舌打ちをし、俺は朝陽にむかってとぼとぼ歩きだした。

幕間

兎が西向きゃ尾は東

WHEN THE RABBIT HOPS
HIS TALE FOLLOWS

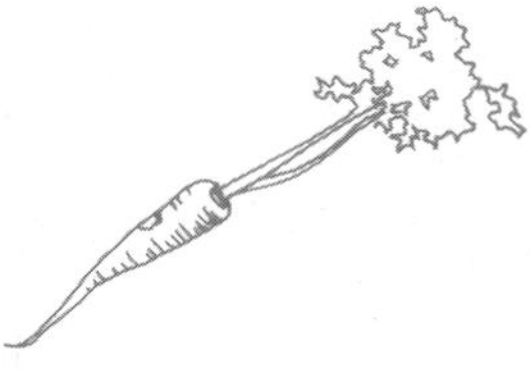

俺は一週間連続で酔っぱらった。事務所から出ることがあるとすれば、通りを二ブロックばかりくだったところにある酒屋へいくときだけだった。

仕事はすんだのだ。ソフィア・ラビットに報告書を持っていかなくてはならない。だけど、どうしてもそっちへ足がむかなかった。テリー・ラビットはたしかに無様にくたばったが、だからといって兎の復活教会の馬鹿どもをよろこばせたくはなかった。祭壇の上ではしゃぐあの牧師ラビットの姿がはっきりと見える。きっとファンキーな身ぶりで過激な思想にとり憑かれた若者たちを戒め、赦《ゆる》し、そして歌うのだろう。歌うこと。やつらにできるたったひとつのこと。

そんなたわけどもの戯言なんかに耳も貸さず、テリーのやつはやることをやった。結果はみじめな犬死でしかなかったけれど、だからなんだ？　復活ってやつは瓦礫《がれき》のなかで輝いているダイヤモンドみたいなものだ。滅びる覚悟のないやつは、この世の終わりまでひょろひょろ歌でも歌っていればいい。笑いたきゃ笑え。

「あーはっはっは！」俺は試しに笑ってみた。「はは……くそ」

飲まずにはいられない。

死ぬほどわびしいじゃないか。飲めば飲むほどテリーと自分が重なっていく。俺は、このジョニー・ラビットはすっかりこんがらがっていた。あまりにもこんがらがってしまって、自分のやりたいことがわからなかった。やりたくないことすらわからなかった。

知らないうちに事務所を出て、シクラメン通りをふらふら歩いていた。淡雪のように降りしきるハコヤナギの綿毛のせいで、夜は静かな福音に満ちていた。モーニング・グローリーの壜をぶらさげた俺は空を見上げ、笑ってしまうほどうろたえ、わけもなく腹をたて、とくれば酒屋へむかうしかなかった。

店は閉まっていた。シャッター越しに物音が聞こえる。

「おい！」俺は声を張りあげた。「酒を売ってくれ！」

探るような静寂のあとで声がかえってきた。「今日、おしまい」

「俺だよ、ビリー、ジョニーだ」

「ビリーさん、家に帰りました」

「そうか、あんた新入りだな？」俺は壜に残っていたぶんを喉に流しこんだ。「ちょっとこのシャッターを開けてくれよ」

「だめ。ビリーさん、言った。ここ、悪い兎、いっぱい。シャッター、開ける、だめ」

「あんた、どっからきたんだい？」

「ホンコン」

「それってどこにあるんだい？　日本の近く？」

「ずっと、ずっと、遠いところ」

「へぇえ、なにかめずらしい話のひとつでもないのかい？」

「むかしむかし山があったそうな」と、そいつは語りだした。「山には寺があった。和尚が小坊主に言ったとさ。むかしむかし山があったそうな。山には寺があった。和尚が小坊主に言ったとさ。むかしむかし……」

「ははは、こいつは一杯食わされたな。それで、どうだい？　この国は気に入ったかい？」

「月がきれい」

「月が？」

「ホンコン、月に大きな蟹《かに》、いる」

「そう見えちゃうってことかい？」

「この国、いい国」と、ホンコンからきた兎は言った。「あなたのような酔っぱらい、いなければ。ワタシ、仕事、してるだけ」

「なあ、たのむよ。たいした手間じゃないはずだぜ。今夜はどうしても酒がいるんだ。わかるだろ？」

「ワタシ、仕事、してるだけ」

「……」

「また明日、きてください」

「いいからさっさと開けやがれ！」俺は怒りと酔いにまかせてシャッターを蹴飛ばした。

「こっちは酒がほしいだけなんだよ！」

ホンコンからきた兎は返事をしなかった。

「さあ、開けろ！　このジョニー様にこじ開けられる前に、さっさとこのくそったれシャッターを開けやがれってんだ、このチョンマゲ野郎！」

俺だってただ手をこまねいてたわけじゃない。そうさ、やるだけのことはやったんだ。テリーだってそれは認めてくれるはずだし、そもそもやつが不幸だったなんてだれにも言えないじゃないか。

酒壜をシャッターにたたきつけ、殴り、蹴り、ひとしきりわめいた。それからきた道を引きかえし、事務所にもどり、ソファにひっくりかえった。

酒がない。これ以上生きてたって仕方がないような気がした。みんなただこの世界をすこしでもよくしたいと思っているだけなのに、どうしてこんなにこんがらがっちまうんだ。

窓の外のハコヤナギの雪を眺めながら、まるで天国のようだと思った。暗闇のなかで、俺はいつまでも目を開けていた。

それは突然訪れた。

雲ひとつなく晴れ渡った空から真理が落っこちてきて、このジョニーを直撃した。急になにもかもがシンプルに見えだした。ホンコンからきた兎が酒を売ってくれなかったのがよかったのかもしれない。おかげで、ひさしぶりに体から悪魔が出ていったのだ。稲妻のように俺を貫いた完全無欠、絶対確実、〝犬が西向きゃ尾は東〟級の真理。さあ、準備はいいかい？

タラーン、それはこのジョニー・ラビットがただの兎だってことさ！

そのことがすっきりと腑に落ち、体中にみなぎる力を感じた。野性のパワーだ。こんな気分は絶えて久しかった。けっきょく、俺はあまりにも人間に深入りしすぎたのだ。カエターノ・コヴェーロは飼い主としてはいいやつだったかもしれないけど、しょせんは兎と人間、どうしたって越えられない壁がある。その証拠に、俺とあのとっつぁんが対等になったことなんて一度もないじゃないか。人間にとってペットとは善の象徴だ。善人がペットを飼うのは自分が善人であることを見せびらかしたいからで、コヴェーロのような悪党がペットを飼うのは失われた善を悼《いた》んでいるからにすぎない。俺は、このジョニー・ザ・バニー《うさちゃん》はあのデブで、頭に毛が一本もない、女の頬を札束ではたくようなイタチ野郎の自尊心を支えるためのアクセサリーにすぎなかったのだ。

テレンス・ラビット？

まあ、かわいそうだとは思う。だけど、これだけは言わせてもらおう。あのドブ鼠の言葉は正しかった。とどのつまり、テリーのやつは頭を使いすぎてこんがらがっちまったんだ。それだけのことさ。

だって俺たち、兎なんだぜ！

兎は死についてああだこうだと考えるために生まれてきたわけじゃない。俺たち兎がこの世に存在する理由はただひとつ。それはほかの動物同様、子孫を残すことだけ。それが本能ってもんだ。

人間は本能がぶっ壊れている。だから死や来世や神を発明しなくちゃならなかった。だけど、やつらがやってることをよく見てみなよ。口ではえらそうなことを言ってても、けっきょくは女と一発キメたいだけじゃないか。だったら死や来世や神なんて、うっちゃっておくほうがいい。このジョニー・ザ・バニーは金輪際そんなものには近づかない。テリー・ラビットの二の舞はごめんだ。

浮き立つ心をどうにも抑えられない。ようやく目が覚めたことをみんなに知ってもらいたかった。そこで、窓辺までいって大声で叫んでみた。

「俺は兎だ！　ようやくほんとの兎になれたんだ！」罵声が四方八方からかえってきた

が、なぁに、かまうもんか。「俺は兎なんだ！　ただのちっぽけな兎さ！　いまはそのことを誇りに思う！　おまえらの仲間になれたことを心からよろこんでるんだ、そうだとも！」

その勢いで事務所を飛び出し、シクラメン通りをぴょんぴょん駆けぬけて酒屋までいった。ちょうど店主のビリー・ラビットが店から出てくるところだった。

「ビリー、ビリー！　ホンコンからきた新入りはどこだい⁉」俺はやつにすがりついた。

「あいつのおかげで俺は生まれ変われたんだ！　礼が言いたい！　どこにいる⁉」

たじろいだビリーは口をぱくぱくさせるばかり。その顔がおかしくて、思わず吹き出してしまった。

「ははは、どこにいるんだい？」

「なに言ってんだよ、ジョニー？　そんなやつ、いないよ」

「ひと言礼が言いたいだけだからさ、ヒヒヒ」

「どこからきた新入りだって？」

「ホンコンだよ」

ビリーは首をふった。

「ふざけんなよ！」俺はやつの胸倉をつかみ上げた。「昨日の夜、俺はそいつと話したんだぞ！」

「ほんとにいないって。こんなちっぽけな店にアルバイトなんかいらないよ。できることなら、自分の半分をクビにしたいくらいさ」

「ハコヤナギが吹雪みたいに舞ってた時間だよ！　昨夜《ゆうべ》は俺がずっと店にいたよ。だれもこなかったし、もちろんおまえだってこなかった」

「嘘つき！　おまえは嘘つきだ！」

「嘘じゃないって。ホンコンなんて聞いたこともないし、それにこの通りにはハコヤナギなんてないじゃないか」

「………」

「なあ、ジョニー、ちょっと疲れてんじゃないのかい？」

「うわあああ！」

ビリー・ラビットを突き飛ばした俺は、脇目もふらずに走った。

なにか兎らしいことをしたくてたまらない。前足をぺろぺろなめてみたけど、ぜんぜん物足りなかった。が、心配はご無用。やるべきことならちゃんと心得ている。こんがらがったときには、いつだって血の声を聞けばいい。

大通りを逸れ、頭から藪のなかに飛びこむ。で、穴掘り兎の血の命ずるまま、俺は両手が血だらけになるまで穴を掘りまくった。

第二幕

ジョニー・ラビットの
小さき者たちの鎮魂歌

A FAINT REQUIEM

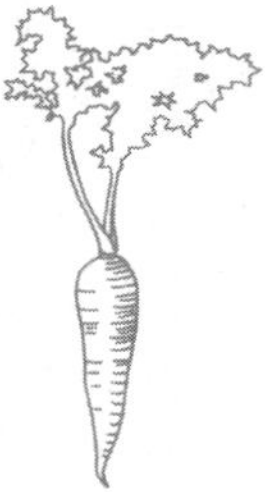

1

「ああ、神様！」

ドアを開けたソフィア・ラビットの、それが第一声だった。彼女は立ちすくみ、それからあの形のいい尻をふりふり、足音も高らかに事務所に闖入《ちんにゅう》して俺の両手を押さえつけた。

「これはこれは」俺は兎らしく笑いかけた。「調査報告書はデスクの上にあるから」

「やめなさい！」彼女は手に力をこめた。「地肌がただれてるじゃない！」

「連絡が遅れてほんとにすまない」俺は彼女の手をふりほどき、首や胸をポリポリかいた。「事件のことはもう聞きおよんでいると思うけど、テリーのことはほんとに残念だったよ。俺が再会の樹に駆けつけたときには、もうなにもかも終わってたんだ」

「もうかかないで！」彼女は俺の手にしがみついた。「こんなに自分の毛をかきむしってしまうなんて！　ああ、血がこんなに……」

「いやいや、大丈夫」ふたたび手をもぎとり、腹や背中をガリガリひっかく。「ちょっと体がかゆいだけなんだから」

「やめて!」

「きっと季節の変わり目だからさ」顔、後足、肩。爪が肉に食いこむのは快感以外の何物でもなかった。「それより報酬の件なんだけども、あんなことになったのは俺のせいじゃないし、やっぱりちゃんと払ってもらえるとありがたい……」

頬をおもいっきり張られた。

肝をつぶした俺は思わず手を止めてしまった。

「ジョニー・ラビット!」ソフィアは体中で叫んだ。仁王立ちになった彼女の目には涙が浮かんでいた。「お願いだから!」

俺はソファから立ち上がり、キャビネットを開けてモーニング・グローリーをふたつのグラスに注ぎ分けた。ひとつを差し出すと、ソフィアは顔を伏せたままそれを手にとった。

「ジョニー……あなた、病気だわ」

俺は窓のほうへまわり、暮れなずむシクラメン通りを見下ろしながら酒をすすった。

〝勃ちっぱなし〟・エディがいた。エディはどこかのラビッチを追いかけてすぐに見えなくなった。病気? このジョニー・ザ・バニーが? いやいや、そんなはずはない。そりゃ体が異様にかゆかったり、糞が異様に小さくて硬かったり、尿に血がまじったりはしてるけど、それをべつにすれば気分は爽快、どんな兎だってうらやむほど健康そのものじゃないか。

「あなたに……」かすれた声だった。「言わなくちゃならないことがあるの」

「テリーが俺の息子かもしれないってことかい？」

「……」

「今回の仕事の依頼も、やつがあんたにたのんだんじゃないのかい？　兎の復活教会なんて最初《はな》から関係なかったんだろ？」

「ジョニー、あなた……」

「言うな」

ソフィアは言葉を呑んだ。

「孕《はら》ませたラビッチの数なんざいちいち憶えちゃいねぇし、そのなかに鼻のぶっ壊れたガキがいたかどうかなんて知るもんか」窓の外に顔をむけたまま、俺はあの日からずっと頭のなかにわだかまっている澱《おり》を吐き出した。「この世からにおいが消えちまうなんて俺には想像もつかねぇや。きっと味気ないんだろうな。だけどそのせいで神だ復活だと屁理屈こねて、兄弟たちを道連れに死ぬようなやつのことなんかわかりたいとも思わねぇ」

「テレンスがよく言ってたわ。お父さんの、つまり彼のほんとのお父さんのおかげで生きる意味が持てたって。鼻のせいで現実感をなくした世界にだってちゃんと現実はある。お父さんは彼に言ったそうよ、『たとえ花の香りはわからなくても、花の美しさは変わらない』って」

「その親父ってのはたぶん、てめえの口から出たことの半分もわかっちゃいなかったんだろうな」

「ええ、そうでしょうね」

その声の調子が俺をふりむかせた。

「彼はなにも言わなかったけれど、あなたに止めてもらいたかったんだと思うわ」

「兄弟たちを殺すことと人間を滅ぼすことになんの関係があるんだい？」

「それはわからない。テレンスはわたしたちの教会を出ていったの。追放されたと言ってもいい。訊いてもなにも教えてくれなかったわ」

「そもそも、なんで俺なんだ？」

「ジャック・ラビット&サンズ社のドライフルーツ事件よ。テレンスはアクセル・ラビットをたすけ出したあなたの記事を読んだの。ジョニー、あなたインタビューになんて答えたか憶えてて？」

「ずいぶんむかしのことだ」

「なぜ危険を冒してまでアクセルをたすけたのかと記者に質問されて、あなたはこう言ったのよ、『死ぬよりつらいことがあるとすれば、それは原則を曲げることさ』一言一句、そのままよ。それからこうつづけたわ、『このジョニー・ラビットはちょいとばかりぶっ壊れてるんでね』」

「くそ」また体がかゆくなってきやがった。「そんなのはただの言葉遊びだ。とんだお門《かど》ちがいだぜ」

「テレンスだって本気であなたが父親だなんて思ってなかった」ソフィアはさびしそうに笑った。「それでも、なにかにすがりつきたかったんでしょうね。父親のにおいを憶えてない彼にとって、ジョニー、あなたの言葉がそのにおいになったのよ」

「で？　やつの親父は？」

「あなたは自分の父親を知ってるの？」

「……」

「そんなもの、兎にはどうでもいいことだわ」

「テリーにはちがったぜ」

「どうでもいいことなの」ソフィアが言った。「心のなかで生きつづけるなんて、どうせ言い訳なんだから」

話はそれまでだった。

俺とソフィアは静寂のなかにいつまでもたたずんでいた。壁に映る残照がやがてガーネット色になっても、言葉をなくした俺たちは、ただの二匹の兎だった。

まるで電気をパチパチつけたり消したりするみたいに昼と夜が交互に訪れた。

俺のなかのふたりの俺、つまりジョニー・ラビットとジョニー・ザ・バニーが入れかわるときにも、それなりのサインがある。問題はどっちの俺に切りかわるときでも、それはいつでもスイッチがオンの状態だってこと。スイッチ・オンで絶望へ飛び、スイッチ・オンで兎の天国へ飛ぶ。オフになることはけっしてない。スイッチ・オンで飲んだくれ、スイッチ・オンで全身の皮が裏がえるくらいのかゆみに襲われる。いつでも目の奥で電球がともっているような感じ。電球がふたつ、三つ同時にともることもある。そんなときには膝を抱えたテリー・ラビットが俺のことを「父さん」と呼び、再会の樹で死んだやつらが「これ以上がっかりさせないでくれ」と大合唱したりする。頭が割れそうになる。

が、このジョニー・ラビットはそんじょそこらの兎じゃない。亡霊を追い払う方法なら、とっくのむかしに学習済みだ。息子を殺されたイザベラ・コヴェーロがこういう状態に陥った。あのイカレた婆さんは家中をぶっ壊し、持っているカツラに全部火をつけた。わかるかい？　壊されたものを埋めあわせるためには、もっと壊すしかないってことさ。

だから亡霊どもにとり憑かれそうになったら、俺は、このジョニー・ラビットはいつでも厄介事を求めてシクラメン通りをうろついた。厄介事ならシクラメン通りは事欠かなかった。酒壜片手に裏通りという裏通り、横丁という横丁をのぞいてまわり、死んでもだれも悲しまないようなやつを見つけては、こっぴどく痛めつけてやった。

その夜も、そんな夜だった。

三匹のクズ兎に袋だたきにされた俺は、ゴミバケツのなかに倒れて血を流していた。見上げる弓張月《ゆみはりづき》は手をのばせばとどきそうだった。

雲がよぎってゆく。風はない。この国の人間どもには月の影が女の横顔に見える。蟹に見えるところもある。ホンコンだ。日本の月には兎が棲んでいる。コヴェーロのジジィがそう言っていた。いや、倅《せがれ》のマイケル・コヴェーロだったかもしれないし、トニー・ヴェローゾだったかもしれないし、ほかのだれかだったかもしれない。もう思い出せない。どうでもいい。

煙草に火をつけ、悲しげなお月様に煙を吐きかけた。

おお、日本の月よ！　そっちにもこのジョニーみたいなやつがいるのかい？　だったらたのむ、その哀れな兎を許してやってはくれないか！　どうか、どうか、日本の月よ！

ゴミバケツから這い出た俺は、よろめきながらシクラメン通りにもどった。空っぽの通りを見渡し、しばし途方に暮れる。事務所には帰りたくなかったし、一杯やろうにもロイの店からは出入禁止を食らっていたから、勇気を出してうろつきまわるしかなかった。

ホンコンの男のことをぼんやり考えていると、自分がだんだん小さくなっていくような気がした。あの男はきっと俺の守護天使《ガーディアン・エンジェル》だったんだ。そうさ。「ワタシ、仕事、してるだけ」何度もそう言っていたじゃないか。俺だってそうだ。ただ仕事をしていただけなんだ。その仕事ってのはただの兎捜しで、子守りでもなけりゃ兄弟たちを破滅から救うことでもない。俺は、このジョニー・ザ・バニーはなにも悪くないんだ。そのことを伝えるために、あの男はホンコンから遣わされたにちがいない。

ぶん殴られた傷がひりひり痛む。ビリーの酒屋にほど近い路地にさしかかったとき、下半身に重い衝撃が走り、するどい痛みが脳天を衝《つ》き上げた。その痛みですら、俺はホンコンからのメッセージとして解釈しようとした。ここがどん底だったのだ。

「ファック、ファック、ファーック！」

ふりかえると、だれかが俺のケツの穴にポコチンをねじこもうとしていた。

「いますぐその汚《きたね》えやつをどけやがれ！」我にかえった俺は後足を蹴り上げた。「くそったれ、エディ、てめえのポコチンをひっこぬいてやる！」

「ご、ごめんよ、ジョニー」〝勃ちっぱなし〟・エディは俺の剣幕にたじろいであとずさりした。「自分で体をまさぐってるラビッチに見えちゃったんだよ、暗かったからさ。これはきっと男に飢えた、すてきな尻をしたラビッチにちがいないって、おいら、おいら……」

「二度とそんなこと言うんじゃねぇ！」

「ごめんよ！」

俺は肛門が無事であることをたしかめ、エディは鼻をヒクヒクさせて風のにおいを嗅いだ。

もう、うんざりだ。エディが誤解したのも無理はない。知らず知らずのうちに、俺はまた体をポリポリかいていたのだから。

「でも、でも……」エディがおずおずと口を開いた。「いったいどうしちゃったんだい、ジョニー？」

「どうしちゃっただぁ？　やい、エディ」俺はやつをにらみつけた。「そいつはこっちのセリフだぜ。頭んなか、F‐U‐C‐Kの四文字しかないのかい？」

「だってさ、体中の毛がボロボロじゃないか！」

そう言われて、俺はあらためて自分のひどいなりに気がついた。

「なにかあったのかい？」

この問いに、もっと大きな意味はないだろうかと考えてみる。守護天使がホンコンの兎に姿を変えられるのなら、こいつに、この〝勃ちっぱなし〟・エディに姿を変えられないはずはない。そう思ってよくよく見てみると、たしかにエディのやつはいつもとすこしばかり様子がちがっていた。どこがどうとは言えないが、やつの行為のひとつひとつになにか深い意味があるように思えてくる。ラビッチどもがこいつとだけファックしようとしないのも、そのせいかもしれない。女ってのは直感でわかるものなのだ。エディはけっして穢《けが》してはならない存在なのだということを。

「なにもないよ、エディ」俺は言った。「まさにそこが問題でね」

「なにを言ってるんだい、ジョニー？」

「空っぽなのさ」

「空っぽって、つまり……つまり、なにもないってこと？」

「そうさ。俺にはな、エディ、もうなにもないのさ。スカンピンのゼロなんだ」

「それって、それって……」あちこちに目を漂わせるエディは、まるでふわふわと舞う言葉を捕まえようとしているみたいだった。「それって、あいが生まれようとしてるってこと？」

「……愛？」

「ほら、幸せな気持ちのことさ。いつか教えてくれたじゃないか」エディが言った。

「あいってのは欠乏から生まれるものなんだって」

「……」

「おいら、よくわからないけど、一生懸命考えたよ。それって、それって……いまの自分が幸せじゃなきゃ、一度空っぽになるしかないってことなんだろ？　あんたがおいらに教えたかったのはそれなんだろ、ジョニー？　だってさ、ファックのことばかり考えてるとさ、ファックはどんどん逃げていくもんな。でも、空っぽになるのは大変だね。おいらのなかにはF‐U‐C‐Kの四文字しかないけど、そのたったの四文字でさえ追い出せないでいるんだからさ……どうしたんだい、ジョニー？」

「え？」顔を上げる。「なにが？」

「なにがって……」エディは足をトントンさせた。「なにがって、ジョニー、だって泣いてるじゃないか！」

あわてて目をぬぐう。エディの言うとおりだった。行列をなした涙がぽろぽろぽろぽろ流れ落ちた。

「どこか痛いのかい、ジョニー？」エディがおろおろと右往左往した。「ひょっとして、おいらの大砲のせいでお尻を痛めちゃったのかい？」

「しゃれたこと言うんじゃねぇ！」

「ひー、ごめんよ！」

話にならないほど馬鹿馬鹿しいこの世に愛想をつかして、さっさと退場しちまうのもひとつの手だ。が、そうするにしたって、いっぺんくらい空っぽになってみてからでも遅くはない。そうとも。おなじくたばるにしても、ゼロに近いところでくたばるほうがいいに決まってるじゃないか。

「なあ、エディ」俺はやつの肩に腕をまわした。「今夜のおまえは愛の使者だぜ」

「え？　おいら？」

「もしラビッチに生まれ変わったら、俺は断然おまえのラビッチになるぜ」

エディがあはあは笑った。

よお、テリー、わかるかい？　俺は心のなかで語りかけた。空っぽになることと無に帰することとはぜんぜんちがうんだぜ。なにかを失ったやつは、なにかでそれを埋めあわせようとする。おまえの失敗はな、まちがったもので空白を埋めちまったことさ。鼻がだめなら、もっとちゃんと目を開けとくべきだったんだ。そうすれば愛と死のちがいが見えたかもしれないのにな、テリー・ボーイ。

2

翌日、俺は新聞をたずさえてプラタナスの林を訪れた。屑ひろいのトビーが最後まで握りしめていたやつだ。

博士ラビットはいつものように単語にチェックを入れ、うんざりするくらい時間をかけて人間の文字を兎の言葉におきかえていった。そのあいだじゅう、俺はしゃべりどおしだった。テリーの死について、兎の家族制度について、このジョニー・ラビットを襲った前代未聞の鬱状態について、ホンコンからきた兎について、〝勃ちっぱなし〟・エディと遭遇した奇跡の夜について。

ひょっとしたら、お迎えが近いのかもしれない。事切れる間際の人間がべらべらやるのを何度かテレビで見たことがある。腹とか胸とかに銃弾を食らったやつが、最後の力をふりしぼって余計なことを言うのだ。トニー・ヴェローゾはよく笑い飛ばしたものだ。「俺は何度も人の死に目に会ってきたけどよ、これから死のうって野郎は、そりゃあみじめなもんだぜ。クソをちびってたりしてよ。事件の真相をぺちゃくちゃやる余裕なんてねぇんだ。マリア様の名前を唱えるか、マンマ《おかあちゃん》と泣きわめくのが関の山さ」

博士ラビットはそんな俺の話にじっと耳をかたむけてくれた。いまの俺には、たったそれだけのことにも愛を感じられる。愛はいたるところにあって、この空っぽのジョニー・ザ・バニーを満たしてくれる。愛、それは俺がジョニー・ラビットでいるためのガソリン。愛、それは俺のミドルネーム。わかるかい？　ガソリンがなきゃ、Ｖ８エンジンを搭載した自殺マシーンだってただの鉄屑だってことさ。

話がひと段落して呼びかけると、博士ラビットはビクッと体をふるわせ、口の端から垂れたよだれをぬぐった。

「ふぁああ……おっと、いかんいかん。うん、よくわかるよ。きみは、えっと、そのエディといい仲になって、しかもテリーというやつにも心を乱されていて……けっきょく三角関係のもつれで再会の樹の事件が引き起こされたと……」

「寝てたでしょ」

「まさか！」博士ラビットは目をゴシゴシこすり、あくびを嚙み殺した。「証拠があるのかね、え？　ちぇっ、せっかく親身になって話を聞いてやったのにさ」

「とにかく、俺は気づいたんですよ」気をとりなおす。ジョニー・Ｌ《ラブ》・ラビットはこんなことくらいではへこたれない。「くさい屁もあれば、くさくない屁もある。くさくない屁なら、ほうっておけばいい。怖いのはくさい屁だ。くさい屁が怖いのは、ずっと嗅いでいると、くさくなくなっちゃうことなんです。わかりますか、俺の言ってること？」

「うむ、もちろんだとも」

「つまり真理なんてもんは、けっきょく自分にだけにおわないくさい屁みたいなもんなんですよ」

「たしかに屁と真理は、時と場合によっちゃ、グッとこらえねばならんものではあるな。それにしても、自分にだけにおわないくさい屁か」博士ラビットは腕組みをし、真剣な顔つきでこうきた。「それは、きみ、鼻が詰まっとるんじゃないのかね？」

「……」

「なんだね、怖い顔をして」

「なんて書いてあったんですか？」俺は新聞を指さした。

「なんだい、急にぷんぷんしちゃってさ」博士は眼鏡をかけなおした。「ずいぶん前の新聞だがね、背骨の曲がった魚がたくさん見つかったそうだよ」

「アーヴィン・バレンタインってやつのことは？」

「彼のことはちっちゃく出てるだけだよ。ギルバート・ロス上院議員にキョウハクブンを送りつけたそうだ。魚の背骨が曲がったのはゲンシリョクハツデンショの排水のせいだ、すぐにソウギョウを停止しろ、さもなくば……まあ、こんな感じかな」

「なんですか、さもなくばのあとは？」

「え？　うん、まあ、たいしたことはなにも書いとらんよ」

「博士」

「わかった、わかった！　読めばいいんでしょ、読めば。ええと、ああ、うう、『さもなくば、おまえがポリー叔母さんとやりまくってることをバラすぞ』」

「……………」

「あ、いや、こうだ！　『さもなくば、うんこしてるときに上から水をぶっかけるぞ』なんだね、その目は？　私だってねぇ、きみ、一生懸命やってるんだよ。ほんのちょっとわからないことがあるからって、私のすべてを否定するような目をしちゃってさ」

「そんなに爪を噛まないでくださいよ」

「それにだね、きみ、そのアーヴィン・バレンタインという男がなにかをやらかすとしたって、それがきみとなんの関係があるんだね。ゲンシリョクハツデンショを爆弾で吹き飛ばすとしたって、きみにはなにもできんだろう。だったら、『さもなくば』のつづきになんの意味があるのかね」

　博士の繰り言はつづいた。

　俺のなかで、なにかがつながった。

プラタナスの林をあとにした俺は、その足でソフィア・ラビットに会いにいった。教会で尋ねると、裏山で木の実を摘んでいるはずだと告げられた。

季節は秋へむかってゆるやかに色彩を変えていたが、ラベンダーのなかを歩きながら俺が見ていたものは、燃え盛る原子力発電所だった。

それがただの仮定にすぎないことは百も承知している。万が一事実だとしても、兎にどうこうできる問題じゃない。だれかが本気でなにかしようと思ったら、だれにも止められやしない。そいつがいなくなっても、そいつの夢を受け継ぐ者がかならずいる。それが人間のすばらしいところであり、恐ろしいところでもある。アーヴィン・バレンタインは背骨の曲がった魚どものために立ち上がれるようなガッツのあるやつだ。もしそのことをテリー・ラビットが知っていたとしたら？　魚ごときのことで上院議員に脅迫文を送りつけるような男なら、兎が大量に原子力発電所で死んでいたらどうする？

こうは考えられないか。サバトの黒兎は命と引きかえに人間を操ろうとした。ほんのわずかな可能性に賭けた。人間を滅ぼせるのは人間だけだと知っていたのだ。俺たちの命なんて笑っちまうほどちっぽけだけど、それがたくさんあつまればべつの意味を持ちえる。なにかができる。

いつしかラベンダーは過去になり、鬱蒼とした森の斜面をのぼっていた。時間の流れがゆるやかになり、ほとんど止まり、悲しい気配だけが道標となった。

アカシアの樹の根元にソフィアはひっそりとたたずんでいた。木もれ日のなか、彼女はひどくはかなげで、いまにも消えてしまいそうだった。

「ご覧のとおりよ」その声はとても静かだった。

「見るまでもないさ」俺は煙草に火をつけた。「テリーの子かい？」

すっきりした樹木の香りに包まれて、ソフィアの痛みが漂ってくる。俺の弱さが彼女に伝わる。まだおたがいの姿が見えないうちから、俺たちはたくさんのことを語りあった。ごまかしようがない。兎の鼻は相手の心まで捉えてしまう。

「わかってたの？」

「この前、あんたが事務所にきたときにね。俺たち男は女にあわせて発情する。主導権はいつだって女のほうにあるのさ。もしあんたが発情してりゃ、あの日だって一発キメてたさ」

「ずいぶん顔色がよくなったわ、ジョニー」

「最後にやつに会ったのは？」

「彼が死ぬ数時間前よ」

「だったら、あとひと月もすればテリー・ジュニアの誕生だな」

「なんのちがいがあるの？」彼女は木の実がいっぱい入ったバスケットを持って立ち上がった。「子どもを産んで、しばらくしたらまた妊娠するだけだわ」

「今日はテリーの遺品を借りにきたんだ」

俺たちはいっしょに山を下りた。一言も口をきかずに。山のむこうで雨がふりはじめたようだ。雷がどこかを爆撃している。雨雲はやがてシクラメン通りにもやってくるだろう。

ソフィアは教会へ入り、小さな箱を持って出てきた。差し出しかけて、不意に手をひっこめる。

「でも、どうしてこんなものがあるってわかったの?」

「テリーが言っていた。自分にできるのは生きた証を残すことだけだってね」

「そう、彼、あなたにそんなことを」

「なにか聞いてないか?」俺は箱を受けとった。「どうやって人間を滅ぼすかとか、それに協力してくれそうな人間がいるとか」

ソフィアは首をふった。

「テリーの親父さんは人間に飼われてたんだろ?」

「逃げ出してきたそうよ。たしかアーヴィン・バレンタインという名前だったわ」

「アーヴィン・バレンタイン? ほんとかい?」

「なに?」

「いや……ひょっとすると、そいつは機械工かなんかじゃないのかい?」

「技術者だと聞いたけど」彼女が眉をひそめた。「でも、どうして？」

「あの事件で電動のスプリンクラーが使われてたんでね。テリーのやつ、親父さんから機械のことも教わってたんだろうな」

「人間の街へいくの、ジョニー？」

「ああ」

「テレンスのために？」

「自分のためさ」俺は箱をかざした。「目をとおしたら、かえしにくるよ」

「いらないわ。わたしは兎のままでいたいから」

「そうか」彼女に背をむけて歩きだした俺は、もう一度ふりかえった。「その腹んなかのガキな、すっかり事がかたづいたら、いっしょに育てようぜ」

「なにを言ってるの？」

「たしかに、心のなかで生きつづけるなんて甘っちょろい言い訳なのかもしれない」

「………」

「でも、まあ、せっかくこんなに傷ついたんだ」俺は遠雷のほうへ目をむけた。「もうちょい傷つけば、言い訳くらい許されるってもんさ」

たしか、カントってやつだ。名前はムニエルだのマニュアルだの……いや、イマヌエルだ！　まちがいない。イマヌエル・カント。マイケル・コヴェーロの話に出てきたことがある。よその組織とのごたごたの真っ最中、父親に外出をひかえるように注意されたときのことだ。「僕の世界と父さんたちの世界はちがう」マイケルがこう言うと、コヴェーロのジジィは真っ赤になって怒った。「世界？　世界だと？　いいか、マイケル、俺たちの世界はひとつだけだ。その世界はな、ご先祖様が海を渡ってこの国にやってきたってことさ。それが俺やおまえの世界だ。俺はこの世界で頂点に立つ。俺にできなきゃ、おまえがやる。それがイタリア魂ってもんだ。大学でいったいなにを勉強してるんだ？」すると、マイケルがやりかえした。「イマヌエル・カントさ。彼を読めば、この世界なんてただの現象にすぎないことがわかるさ。ワップの世界もね！」、「イタリア人のことをそんなふうに呼ぶんじゃない！　それに、カントだと？　ハッ、そいつは女の股についてるアレのことか？　へぇえ、大学にはいっとくもんだ。アレにファーストネームがあったなんてな！」マイケルは家を飛び出し、帰宅したときには棺桶に入っていた。

ソフィアから渡されたテリーの遺品は、たとえるなら、そう、まるっきり別世界のものだったのだ。焼け焦げた注射器、人間のものと思しき爪、枯れたクローバー、トカゲの尻尾、蛇の骨。まあ、いますぐってわけにはいかないみたいだぜ、テリー。あと百年ほどして、また博士ラビットみたいなやつが彗星のごとく兎界にあらわれたら、そいつがおまえの「生きた証」ってやつを読み解いてくれるかもな。グリースくさいボルト、錆びた乾電池、なにかのメモ書き。兎の目にはなんの意味もなさないガラクタ。人間界の現象。

そして、ついに見つけた。いくつかの数字と、〝Mancini〟の七文字。俺はそのカセットテープを手にとった。

腹の底から湧き上がる激しい怒りに体をゆさぶられた。それでも、否定してみた。こちとら一度は空っぽになった身、怖いものなどなにもありはしない。ジョニー・ザ・バニーに成り下がっていた日々に、人間への憧れとはちゃんと決別したはずじゃないか。しっかりしろ、ジョニー・L・ラビット！　亡霊どもに唾を吐きかけろ！　愛を逃がすな！

無駄なあがきだった。

その男の影が俺のなかでどんどん大きくなっていく。

ああ、俺はあんたにひどいことをしちまったよ、ドン・コヴェーロ！　すっかり忘れていたよ。義理と人情、そいつをなくしちまったら、俺もあんたも生きちゃいられねぇ。もし俺が、あんたの右腕のこのジョニーがもしちゃんと落とし前をつけられたら、ドン、そのときは俺を許してくれるかい？

箱の中身をテーブルにぶちまける。

カードが何枚かあった。そのなかの一枚は、運転手のアレン・ジャクソンが何度も警察に見せていたようなやつだった。これを見せるときのアレンは決まって「勘弁してくださいよ」とへいこらしたものだ。写真に写っているのはアレンじゃない。似ても似つかない。それは白人の若い男で、長めの金髪にうっすらと無精髭を生やしていた。人間なんてみんなおなじに見えるが、こういう薄汚いのはとくにおなじに見える。マイケル・コヴェーロの部屋に貼ってあったポスターにも、こいつと似たような死んだ目の男がいた。

カードに書いてある文字をとっくりと観察した。一文字ずつ、指でなぞるようにして。その名前が光り輝くまでに、煙草一本が灰になった。

「やっと会えたな」俺はカードをかざした。「バレンタインさんよ」

3

街にもどるのは七年ぶりだった。

兎のカレンダーで七年。けっして短い時間じゃない。生まれたての赤ん坊だって、ラビッチをひぃひぃ言わせられる年頃になっている。だけど俺たちの七年は人間のカレンダーではたかだか半年ちょい。昨日同然だ。なにも変わっちゃいない。地面の六フィート下にいるコヴェーロ・ファミリアの面々だって、まだ白骨にもなりきれてないだろう。

俺はプラタナスの林のはずれ、再会の樹を見下ろせる丘に兎穴を見つけた。太陽が落ちてから動くつもりだった。丘を削るように流れるハイウェイを、ときおり車が走りぬけていく。穴のなかでその通り雨のような音をぼんやり聞きながら、バレンタインの写真をひっぱり出してつらつら眺めてみた。博士ラビットがあの調子でデタラメこいたんじゃなければ、カードに書いてある東四十九丁目237ってのが住所のはずだ。別れの挨拶にいったとき（つい、いましがたのことだ）、博士はこう言った。「やはりいくのか、ジョニー。止めはせんよ。ただ、これだけは憶えておいてくれ。『このセメント匠を見よ！』という本があったら、なんとか手に入れてくれんか」

バレンタインの無表情な目が見つめかえしてくる。見れば見るほど、その貧乏ったらしいご面相は俺をムカムカさせた。十中八九、こいつは動物を虐待するような男だ。断じて死を味方につけた人間の顔じゃない。テリーでさえ持っていたあの破滅的なオーラがまるで見えてこない。笑わせるぜ、こんなへっぽこが原子力発電所をどうこうなんてよ。もしこいつが本当に背骨の曲がった魚のために立ち上がったのだとしたら、おおかたその魚を食って腹でも壊したせいだ。

わかってる。それがたんなる希望的観測にすぎないってことは。正味の話、なにをどうしたらいいのか皆目見当もつかないのだ。もしバレンタインが本気で再会の樹を吹き飛ばそうと思っているのなら、きっとだれにも止められやしない。すくなくとも、ただの兎には無理だ。たとえその兎がこのジョニー・ラビットでも。

だったら、俺はこんなところでなにをやってるんだ？　いったいなにが悲しくて人間どもの厄介事に首をつっこまなきゃならない？　ちくしょう、ジョニー、目を覚ませ。ソフィアを連れて、できるだけ遠くへ逃げるんだ。いまならまだ間にあう。

認めよう。バレンタインはガッツの塊かもしれないし、本当に動物たちの救世主なのかもしれない。いまの俺の目では物事をありのままに見られやしない。そんなこと、できたためしがない。だけど、それを言うならテリー・ラビットだっておなじだ。そして、亀の甲より年の功。自分の目かやつの目か、どっちかに賭けなきゃならないとしたら、俺は自分の目に賭ける。バレンタインは腰ぬけだ。

やがて、兎穴のなかにも夜がやってきた。俺は穴を這い出し、丘を下り、車に轢《ひ》き殺されないようにハイウェイをぴょんぴょん跳ねて渡った。

荒野の彼方に再会の樹がそびえている。

あのドブ鼠が消えた排水溝をぬけて下水道へたどり着いた俺は、迷わず東へ針路をとった。

「ジョニー・ラビットだ！」反響した声が消える前に、あわててつけ加える。「ボボ・マウスはいるか⁉」

暗闇のなかで無数の気配がざわめく。腹をたてているようでもあり、笑っているようでもある。まるで闇に値踏みされているみたいだ。汚水に洗われる漂流物が不意に沈んだかと思うと、予想もしなかったところからポッカリ浮かび上がる。どこでもないどこかで、いきなり破裂音が鳴ったりもする。

「だれだ！」そのたびにドッキリして足が止まる。「だれかいるのか⁉」

とたん、死の息吹に包まれる。

「ぜんぜん笑えないぞ、この卑怯者！」

もし死後の世界というものがあるとしたら、それは下水道のことだ。人間たちの街がぐんぐん上へとのびていくその足下に、死はひっそりと横たわっている。光は射さず、鳥もさえずらない。腐臭がたちこめ、鼠と人間《生きとし生けるもの》はただの影と成り果て、無期刑に処されたり時間のなかで息をひそめている。こんなところで正気を保ちつづけるのは至難の業だ。自分の足音がいやに大きく聞こえる。大きすぎて、なりふりかまわず走りだしたくなるほどだ。

「お願いだから、もうこんなことはやめてくれ！」

歩いては叫び、叫んではまた歩いた。執拗な沈黙を引き連れて。永遠とも思える時間を。横あいの排水溝から二度ほど水を浴びたころには、幸せさえ感じはじめていた。声をかけられるのがあとほんのちょっとでも遅かったら、大声で笑い出していたところだ。

「ほんとにジョニーなのかい？」

「ボボ？」俺は声のほうに顔をむけた。闇のなかにもっと暗い闇の塊があって、声はそこからしていた。「ボボなのかい？」

闇の塊は近づいてきては止まり、止まっては近づいてきた。

俺の小さな胸は高鳴った。すこしずつ生命の輪郭があらわれ、やがて片方しかないボボ・マウスの赤い目が飛びかかってきた。「ジョニー！」、「ボボ！」で、俺たちは抱きあった。

俺はほとんど心からボボを抱きしめていた。やつの体からは相変わらず死んだピクルスのにおいがぷんぷんしていたが、ちっとも気にならなかった。なんという安心感！なんという一体感！屍肉を食うくらい、なんだってんだ。みんなちゃんと生きていこうとしているだけじゃないか。このにおいこそ生命なのだ。そう思うのと同時に、テリー・ラビットの孤独が骨身にしみた。なんのにおいもない世界は、下水道にたったひとりぼっちでとり残されるより何倍も心細かったことだろう。

が、いまはそんな感傷にひたっている場合じゃない。ボボは路頭に迷っていた俺をたすけてくれたのに、俺はあの日——猫のガストンが人間のガキどもに文字どおり袋だたきにされた日——ひと言の挨拶もなしに命の恩人に背をむけたのだ。ここまでやってくる道々、そのことばかり考えていた。

「ジョニー・ラビット！」ボボの片目がよろこびにまたたいた。

「ボボ、まずはあやまらせてくれ」

「おまえさんがあやまることなんて、なにもないさ」

「え？」

「むかしのことさ、そうだろ？」

胸に熱いものがこみ上げ、顔を伏せてしまった。

俺たちの現在は、あの日にちゃんとつながっていたのだ。ボボはやさしく黙っていた。この闇のように。愛と死は兄弟みたいなものだけど、許しはこのふたりのならず者の母親なのだ。上には上があって、下水道にもちゃんと男がいる。

「あの日、俺はなにも言わずにあんたから離れていった。言い訳に聞こえるかもしれないけど、あんたに親切にされればされるほど、俺は……俺はあの感覚に襲われるようになっちまったんだ」

「あの感覚？」

「あんたたちと暮らしていたときにずっとつきまとわれていた感覚……そうさ、自分が鼠じゃないって感覚さ！」

「ジョニー……」

「最後まで言わせてくれ、ボボ。あの感覚のせいで俺はいつもおびえていたんだ」びっくりするくらい嘘八百がするする出てきた。「あんたたちがガストンを食ってたとき、俺はどうしても仲間に入れなかった。だって、兎は肉を食えないんだからね！　怖かったんだ。だれかが俺を指さしてこう言うんじゃないかってね。『おかしいとは思ってたんだ、あいつは鼠なんかじゃないぞ！』」

「そんな、ジョニー」ボボの声はふるえていた。「おまえさんがそんな想いをしてたなんて」

「ほんとにすまなかった。そのことがずっと心にひっかかってたんだ」

俺はやつをひっしとかき抱いた。「ジョニー！」、「ボボ！」で、俺たちはひとしきり涙を流しあった。

不思議なものだ。口に出してみるまでそんなこと思いもしなかったのに、いざ口にしてみると、だんだんそんな気がしてくる。うん、なんせ心の問題だからね。自分もふくめて、だれにもなんとも言えないさ。心の奥底では俺だって鼠たちの視線に傷ついていたんだ。そうだとも。真実をないがしろにするわけじゃないけど、ときには嘘が真実への近道になることもある。そういう嘘は断じてもう嘘じゃないのだ。

「なあ、ボボ」俺の心にはもはや一点の曇りもなかった。「じつはちょいと手を貸してもらいたいんだ」


そこは朽ちかけた五階建ての建物だった。

「ほんとにここなのかい、ボボ？」

「ここ以外のどこでもないさ、ジョニー」

錆びた外階段がジグザグに煉瓦壁を這っている。テレビの音、ヒップホップ・ミュージック、赤ん坊の泣き声、野太い怒鳴り声のどれかが絶えず聞こえてきた。においもひどい。煮つまったグレイビーソースのような濃い体臭、汗、糞尿、それに嗅いだこともない香辛料のにおいが鼻をちくちく刺した。

右も左も、そのまた右も左も、まるでコピーしたような建物がならんでいる。兎には読めやしない落書きがそこかしこにあるが、人間でもやはり読めやしないだろう。タイヤのない車の下で俺とボボ・マウスは一日中その建物を見張ったが、アーヴィン・バレンタインどころか、たったひとりの白人すら見かけなかった。

玄関の階段にぼさっとすわっている黒人たちを見るにつけ、つくづくアレン・ジャクソンが立派なやつに思えてくる。このことだったのだ、ドン・コヴェーロが言っていたのは。ファミリア同士の晩餐会から帰ってきたドンがイザベラにこぼしていたのを思い出す。「ヘロインの取引を拡大する方向で各ファミリアの意見がまとまったよ。ロコ・アルベローニの組が来週にもコロンビアに飛ぶ。俺たちもいよいよ共同販売組織《シンジケート》になるのさ」ドンは溜息をついた。「残念でならないよ。麻薬は若者をだめにしちまう。まだ右も左もわからないひよっ子どもが、右も左もわからないうちに干からびちまう。俺を古い男だと笑うかい、ベイビー？　わかってる、時代が変わったのさ。だけど、麻薬だけは絶対に手を出しちゃならない悪魔なんだ。だれがなんと言おうと、このカエターノ・コヴェーロはそんなものをイタリア人に売るつもりはないね。なぁに、黒人にでも売るさ。だって、だれがやつらのことなんかを気にかける？」

　東四十九丁目２３７には見すてられた風が吹いていた。ボボにバレンタインの写真を見せると、逆にこう訊きかえされてしまった。

「こいつかい？　それよりおまえさん、人間の顔の見分けがつくのかい？」

　無理もない。兎をペットにする人間はいるが、ドブ鼠を飼うやつはいない。俺の知るかぎり、人間はひとり残らずドブ鼠を憎んでいる。わざわざ毒入りの餌をまいてまで殺したいほどの相手だ。だれが飲んでもくたばる毒薬に、ご丁寧に〝殺鼠剤〟とつける念の入れよう。よほどのことだ。例外といえば、あのミッキー・マウスとかいうにやけ野郎だけ。この世にいる鼠の命を全部あわせたって、ミッキーの屁ほどの重さもない。ボボ・マウスたちには人間の顔色をうかがう必要なんてない。見かけたら逃げろ、これだ。

「ありがとよ、ボボ」俺は言った。「あんたがいなきゃ、ここまでたどり着けなかったよ。まったくあの下水道ときたら」

「どこまでもついていくさ」ボボが微笑《わら》った。「おまえさんが変なところでくたばったら、せっかくのご馳走を食いっぱぐれちまうわけだし」

それが冗談なのか本気なのかは、なんとも言えなかった。損得ぬきの友情を育むのは、やはり俺たちには無理なのだろうか？　もしかしたら、人間は正しいのかもしれない。皆殺しにしなきゃ、いつか鼠どもが世界を食いつくす日がやってくるだろう。いずれにせよ、ボボ・マウスは自分の言葉を守れなかったのだが。

俺が異常に気づくのと、やつが猛然とダッシュするのと、ほとんど同時だった。排水溝のそばには人間が立っていたが、ボボはかまわずに突進した。その黒人は突然あらわれたドブ鼠にのけぞり、悪態をつきまくった。

脱兎の如く排水溝へ吸いこまれるボボを見送りながら、俺は飛び出そうとする体に必死でブレーキをかけた。いきなり鼠が出てきたら、たいていの人間は反射的に身を引いてしまう。いきなり兎が出てきたら、そうはいかない。それにしても、ボボは鼠なのに「脱兎の如く」とはおもしろい。目をもどすと犬はまだそこにいて、濁った目で俺のことをじっと見つめていた。俺は兎だけど、袋の鼠だった。

ほんの紙一重の差が生死を分ける。ボボの五感は俺のより性能がよかったのだ。犬野郎をにらみつけながら、俺は廃車の下で身をすくめた。くそ、しばらく街を離れてたせいでヤキがまわったぜ！

「くるならこい、この野郎！」精一杯の啖呵を切ってみる。「このジョニー様を食えるもんなら食ってみやがれ！」

犬ってのは兎を食う。それは俺たちがニンジンを食うのとおなじで、絶対確実なことだ。が、このときはすこしばかり様子がちがっていた。その犬はヤニだらけの目をしょぼしょぼさせるばかりで、いっこうに車の下にもぐりこんでこようとはしなかった。

「ああ、あたしがあと二十若かったらねぇ」と、犬はかすれた声で言った。「安心しな。兎なんて消化が悪くってもう歯がたたないよ」

「嘘つけ、このラビッチ！　油断させといて頭からパクッといくつもりだろうが！」

「ラビッチ？　へぇえ、そう言うの？　ビッチ《メス犬》なら言われたことあるけどね」犬がぜぇぜぇ笑った。「ラビッチ！　いいわね、気に入ったよ。で、あんた、なんなの？」

「探偵だ馬鹿野郎この野郎！」

「まあ、素敵！」

「……」

「あたしゃね、歌手さ。あんた、ブルースを知ってるかい？」

俺は首をふった。「俺が知ってるのはカンツォーネだけさ」

犬は咳払いをし、ちょいと喉を披露した。

あたいの亭主はロクデナシさ
おお、あたいの亭主はロクデナシ
金は酒に消え、あたいの頰にあるのは青アザだけ

「どう？」

「上手だね、おばさん」

「若いときはあっちこっち流したもんさ。ブラインド・レモン・ジョーンズが雪の日に散歩に出て凍え死んだとき、あたしゃずっとそばについてやってたんだよ。いまの歌はね、彼が最後にあたしに歌ってくれた歌さ」

「へぇえ」

「エッタさ。あんたは？」

「花は桜木、男はジョニーだぜ」俺は手を差し出した。「怒鳴ったりして悪かった」

「このクソ溜めへようこそ、ジョニー」

エッタは俺の手をペロペロなめた。その冷たい舌が、彼女が嘘をついてないことを証明していた。

「で、兎がこんなとこでなにやってんだい？　ここいらにゃラビッチはいないと思うけど」

「こいつを捜してる」俺は写真を彼女に見せた。「名前はアーヴィン・バレンタイン」

「じゃあ、あんた、ほんとに探偵なのね！」

「正真正銘さ」

「こいつなら知ってるよ」

「ほんとかい？」

「とんでもない悪たれさ」そう言って差し出したエッタの前足は、鉤《かぎ》のようにひん曲がっていた。「ずっとこのまんまさ。アーヴィン・バレンタイン。この足はね、むかしこいつに折られたんだよ」

「ひでえことをしやがる。けど、思ったとおりだぜ。このバレンタインって野郎は犬畜生にも劣る……あ、いや、とにかく俺はこの写真を見ただけで野郎がろくなもんじゃねえってピンときたね。弱い者いじめをするのは負け犬だけ……じゃなくて、えっと、カス野郎だけさ。こういうやつにかぎって強いやつには犬みたいに尻尾をふる……いやいや、そういうつもりじゃなくて、俺が言いたいのは……」

「だけど、もうここにゃ住んでいないよ」

「……」

「白人はずいぶん前にこのあたりからいなくなっちまったからね」そう言うと、エッタは鼻面を車の下からぬいた。「ついといで、探偵さん」

「待ってくれ」俺はあわてて彼女のあとを追った。「居場所を知ってんのかい、エッタ？」

が、彼女は俺の質問には答えず、さっきのブルースを口ずさむばかりだった。

あたいの亭主はロクデナシさ
おお、あたいの亭主はロクデナシ
ねえ、あんた、ショットガンを持ってきておくれよ

俺とエッタは物陰から物陰を渡り歩いた。

しかも陽のあるうちはじっと身をひそめ、空に夜が居すわってから動くのだ。おまけにエッタは年寄りで、すこし歩いただけですぐに舌をだらりと垂らしてぜぇぜぇなってしまう。俺は俺で、ちょっとした物音にもたっぷり一分くらいは足止めを食った。救急車のサイレン、クラクション、突然の笑い声、高架橋を渡る電車。だからすこしずつ、本当にすこしずつしか前へ進めなかった。

歩いた。俺は俺の理由で、エッタはエッタの理由で。すぐ近くで銃声がして、俺はま

たしても凍りつく。黒人の少年がベタつくアスファルトに倒れていた。仲間たちがその子をとり囲んで、言葉もなく立ちつくしている。夜に押しつぶされそうになりながら。排水溝やゴミバケツの裏にはいくつもの鼠の目があって、どの目にも少年の血が映っていた。そんなときにはエッタが歌を歌ってくれた。彼女のブルースに手を引かれるようにして、俺はまた足を踏み出す。

とてつもなく広いこの街の片隅には、小さき者たちの鎮魂歌《レクイエム》がいくつも落ちていた。

連れていかれた場所は、最初の黒人地区から兎と老犬の足で二日ばかりいったところだった。おなじような一軒家が樫の並木道に沿って行儀よくならんでいて、樹にはリスがたくさん棲んでいた。

テリーの言葉が心に蘇り、期待に胸がふくらむ。そこで、着いたその晩にさっそく一匹のリスに話しかけてみたのだった。ずっと前に窓辺で兎を飼っていた家を知らないか、飼い主はアーヴィン・バレンタインってやつなんだけど、ほら、これがそいつの写真さ。俺の質問に答える前に、そのリスはほかのリスの奇襲を受けて樹の上に逃げてしまった。つぎのリスもおなじだった。そのまたつぎも。ようやくその家を探しあてたのは、並木道を二往復もしたあとだった。リスたちは本当に憎みあっているのだ。

「じゃあね、探偵さん」エッタが言った。

「もういくのかい?」俺はうなずいた。

「あたしのブルースはここにゃないからね」

時間よ、おお、時間よ
あんたをいかせたくないの
時間よ、おお、時間よ

ブルース。カンツォーネ。この世のすべては、きっとどこかでつながっている。悲しみはよろこびにつながり、よろこびはもっと深い悲しみにつながり、いちばん深い悲しみは時間につながっている。びっこを引いた悲しい歌は遠ざかり、やがて夜と見分けがつかなくなった。

ああ、ソフィア、コラソン《いとしい人》。きみといっしょなら、時間にうずもれてしまうのも悪くはないよ。

俺は樫の樹の根元にちっちゃな兎穴を掘った。

そこに腰をすえて張りこんだ。腹がすけば、そこらの芝生の草を食った。食う草には事欠かなかったが、そんなときにはいつでもどこかで血に飢えた犬が吠えたてるのだった。

4

二日目、兎穴から顔を出してバレンタインの家を見張っていると、リスが二匹取っ組みあったまま樹から落っこちてきた。

「俺が先に見つけたんだ！」

「俺が先に見つけたんだ！」

二匹はかじったり、ひっかいたり、蹴ったりした。

俺はしばらくその様子を眺めていた。なにが原因なのかさっぱり見えてこない。二匹はやけくそだった。兎よりもずっとちっぽけなリスたちは、きっとちっぽけな理由で戦っているのだろう。兎よりずっとでかい人間たちだって、ちっぽけな理由で殺しあいをしている。大きさは関係ないのだ。人間よりずっと偉大な神様たちだって、きっとちっぽけな理由で殴りあいの喧嘩をしているにちがいない。なんべん言ったらわかるんだ、ジーザス・クライスト、小便するときは便座を上げろ！

だんだん自分が哀れになってくる。いったいぜんたい俺はこんなところでなにをやってるんだ？　しょせんは兎一匹、世界を変えることなどできやしないのに。

「そんなに熱くなるなんて、よっぽどのことなんだろうな」リスの喧嘩に思わず兎が口を出してしまった。「いったい、なにが原因なんだい？」

二匹は喧嘩を中断して俺にむきなおった。根は素直なやつらなのだ。

「ドングリを見つけたんだ！」と、一匹が言った。

「ドングリを見つけたんだ！」と、もう一匹も言った。

「ドングリ？」俺はあたりを見まわした。「ドングリならそこらじゅうに落ちてるじゃないか」

「でも、それじゃなきゃ！」

「そうさ、それじゃなきゃだめさ！」

「よっぽどでかいやつなのかい？」

「ふつうさ！」

「ふつうだよ！」

「で、そのドングリってのはどれなんだい？」

「ドングリの見分けなんかつくわけないだろ？」一匹がそう言うと、もう一匹がうなずいた。「そうだ、そうだ。あんた、馬鹿じゃないの？」

「………」

唖然とする俺を後目に、リスどもは戦いを再開した。

けっきょく、憎しみや争いの種がつきることはないのだ。だけど、だれがこいつらを責められようか。男の仕事はいつだって血でなされるものなのだ。

「よく聞けよ、おまえら」俺は申し渡してやった。「今日からこの通りに落ちてるドングリはひとつ残らずこのジョニー・ラビットのもんだ」

「そんなことが許されるもんか！」と、リス。

「そうだ、許されるもんか！」と、リス。

「だれがなんと言おうと、ドングリは全部このジョニー様のもんさ」

「ドングリは俺たちのだ！」

「そうだ、俺たちリスのものだ！」

「この俺とやろうってのかい？」

リスたちが歯をガチガチ鳴らして威嚇してきた。

「うん、やっぱりドングリはおまえたちのだ」

そう言ってやると、狂喜乱舞したリスどもは勝鬨《かちどき》をあげて樹の上に帰っていった。

思ったとおりだ。

愛に飢えているのとおなじくらい、みんな敵にも飢えている。敵ってやつは神によし、人によし、リスによし、兎にもよしだ。幸せなことじゃないか。俺にもちゃんとジョルジ・マンシーニがいる。

その黒いピックアップ・トラックがやってきたのは四日目の夜だった。雨があがったばかりで、そのとき俺は兎のヒゲについてつらつら考えていた。男がふたり降りてきた。運転席のほうの男がビール壜を投げすてると、リスたちの騒ぎがピタッとやんだ。

俺は姿勢を低くして穴から這い出した。土は濡れて、ぬかるんでいた。車のドアが閉まる前に、ルームミラーにぶら下がったサイコロが見えた。

「よう」思わず小声でつぶやいていた。「ずいぶん待ったぜ」

助手席から降りてきたアーヴィン・バレンタインは、手に大きなスポーツバッグを持っていた。もうひとりの男に何事か言い、連れ立って家に入っていく。

耳をのばし、空気のにおいに鼻をめぐらせる。北西の微風。警戒心をかきたてられるものは、なにもなかった。樫並木を見渡す。車が一台ゆっくりと近づいてくるほかは見晴らし良好。俺はすぐに飛び出せるように腰をためた。

と、奇妙なにおいがふっと鼻先をよぎった。

そのせいで自分がいまどこにいて、なにをしようとしていたのかがすっぽりぬけ落ちてしまった。とおりすぎる車のテールランプを見送る。ひどく懐かしいにおいだったのだ。胸騒ぎをおぼえ、血のめぐりが速くなる。が、車はそのまま走り去り、角をまがって視界から消えた。

俺はにおいの正体を思い出せずにいた。すこしのあいだ、どうしたもんかと決めあぐねた。

「よし」気合を入れなおす。

道路を一気に突っきると、家の前の芝生を越え、壁際に身を寄せた。呼吸を整え、耳を澄ませる。話し声がする。内容までは聞きとれない。

声のほうへゆっくりと跳ねていく。家の裏手の台所から光がもれていた。抜き足差し足で近づき、耳をそばだてた。

「早く燃やしちまえ!」

ひとつの声がそう言うと、間髪を容れずに台所の網戸がバンッと開き、アーヴィン・バレンタインが出てきた。手に大きなマニラ封筒を持っている。

いきなりのことで俺は動けずにいたが、なにも心配することはなかった。バレンタインのやつは封筒に火をつけることしか頭になかったからだ。苛立たしげに何度もライターをはじき、火勢が強まるのを待ってから封筒を芝生に投げすて、家のなかへとってかえした。

物音に耳をかたむけ、鼻を研ぎ澄まし、燃える封筒から目を離さない。それだけのことを俺はいっぺんにやらなくてはならなかった。まるでドンがかみさんと取っ組みあいをしているような音を聞きながら、濡れ草が封筒の炎を消していくのをつぶさに見とどけた。やがて火が見えなくなると、湿った空気のなかに煙のにおいがたちこめた。

壁際から離れ、半分燃え残った封筒のところまで跳んでいく。写真が数枚くすぶっていた。封筒の上でごろごろころがって火を完全に消してから、俺は写真を手にとった。顔が焼けずにいたのは一枚だけだった。ドクンと心臓が脈打つ。気がつけば、足がひとりでに地面をトントンたたいていた。

「おい！」

ふりむくと、アーヴィン・バレンタインがものすごい形相でこっちをにらみつけていた。俺は写真を握りしめたまま跳びのいた。

「なにしやがる！」バレンタインの怒鳴り声に、どうした、と家のなかのだれかが応えた。「いや、なんでもねぇ。兎が火を消しやがったんだ」

「兎？　ずいぶん前に逃げられたんじゃねぇのか？」と、家のなかの声。「家出したジーナがおいてったやつだろ？」

「似てるけど、ちがうやつだ」

「女房が逃げ、兎が逃げ、今度は自分が逃げるってわけか」

「うるせぇ」バレンタインは家のなかのだれかにむきなおった。「金が手に入ったのはだれのおかげだと思ってんだ、ああ?」

その隙に俺は安全圏へと逃げこみ、植こみの陰から様子をうかがった。バレンタインはこっちに石を投げ、燃え残った封筒に火をつけなおして完全に灰にした。アーヴィン・バレンタインはびびりまくっている。だけど、だれからかはわかる。俺は焼け焦げた写真をもう一度見た。まちがいない。このにやけた面を忘れてたまるもんか。

耳が家のなかの物音にむく。バレンタインがこの家にもどってくることはもうないだろう。だったらやつらのピックアップに飛び乗るか、さっさとこの件から手を引くかだ。俺は大急ぎでできた道を引きかえした。考えるまでもない。マフィオーソでいたけりゃ、男でいたけりゃ、きっちり落とし前をつけろ。俺の、このジョニー・ラビットのやるべきことはひとつだけだった。

が、芝生に出たところで、またしても足が動かなくなってしまった。

さっきの奇妙なにおいが強くなっている。気のせいなんかじゃない。それを裏書きするかのように、ピックアップの陰から男が立ち上がった。そいつはあたりを警戒するふうもなく、ゆったりした足どりでこっちへむかってきた。洒落たシングルのスーツにボルサリーノ。

思わず息を呑んでしまった。心臓が早鐘を打ち、腹がごろごろ鳴り、息が苦しくなる。

男が街灯の下にさしかかったときには、あやうく叫びそうになった。そうしなかったのは、びっくりしすぎて声が出なかったからだ。

距離はまだ十分にある。全力で走れば人間なんかに捕まりっこない。それでもヒゲ一本動かせなかった。兎のヒゲは恐怖のバロメーターだったのだ。

足音が着実に近づいてくる。

「よお、兎公」俺のそばで足を止めると、男は帽子の縁をすこし持ち上げた。「ここ、おまえんちかい？」

俺はもう息も絶え絶えだった。こんなところまでのこのこやってきた自分を呪いまくった。どうして野原を駆けまわる兎でいられないのか？　穴を掘ったり、冬支度をしたり、そよ風に目を細めるような生き方じゃだめなのか？

「最近やたら兎と縁があるな。ちょっと前にもおまえそっくりなやつを見かけたよ」

焼け残った写真からぬけ出してきたのじゃなければ、目の前の男は正真正銘、本物のラッキーボーイ・ボビーにまちがいなかった。

「悪いな、これからご主人様を始末しなきゃならないんだ。でもさ、かまわないよな？　見たところ、あまりいいご主人様じゃないみたいだし」

「ここで会ったが百年目だぜ！」俺はわめき散らした。そうしなければ、この男になついてしまったかもしれない。「ぶっ殺してやる、てめえ、このジョニー・ラビットは骨の髄までコヴェーロ・ファミリアよ！」

「怒ってるのかい、兎公？」

そう言って差し出してきた野郎の手は、さっきの奇妙なにおいにまみれていた。ラッキーボーイ・ボビーとこの甘いにおい。それが俺の記憶を呼び覚ました。火薬だ。まちがいない。

「ちくしょう、俺に触るんじゃねぇ！」

「おまえ、体の毛がボロボロじゃないか」眉尻を下げて俺を撫でまわしたあげく、ラッキーボーイ・ボビーはこう言った。「なんならさ、兎公、うちの子になるかい？」

なにがどうなっているのか、さっぱりわからなかった。

ソファにすわったラッキーボーイ・ボビーの目の前には、顔面蒼白のアーヴィン・バレンタインが拳銃を突き出して立っている。リボルバーってやつだ。五メートルと離れちゃいない。バレンタインのうしろ、台所と居間の境目にもうひとりの男が倒れている。俺のいるところからは足しか見えないが、いきさつは知っている。家に入るなり、ラッキーボーイが脳天を撃ちぬいたのだ。ドン・コヴェーロを殺ったあの音のしない拳銃で。

「俺がなんでラッキーボーイって呼ばれてるか知ってるかい？」頭上から声が降ってくる。「まだ駆け出しのころの話なんだけどな……」

「だ、黙れ！」

威勢よくリボルバーをかまえなおしたバレンタインだが、ラッキーボーイに見すえられると、なにもかもがこいつの人生みたいに尻すぼみに終わった。

「俺の話をちゃんと聞いてくれるのは、兎公、おまえだけみたいだな」

長い指が俺の体を撫でる。

そう、俺は、このジョニー・ラビットは、どうしたわけか宿敵の膝の上にちんまりおさまっていたのだ。

「まあ、いい」ラッキーボーイの手が俺の耳、頬、首のうしろをくすぐっていく。「テープをよこせ」

目に汗でも入ったのか、バレンタインは激しくまばたきをした。

「おまえらはマンシーニさんの金を受けとった。それでテープを渡さないってのはどういう了見だ？　なめてんのか？」

「お、俺を殺したらテープが新聞社に渡るぞ」

「ハッタリだろ？」ラッキーボーイは俺に話しかけた。「なあ、兎公、おまえもそう思うよな？　おまえのご主人はそんなガッツのあるやつじゃないよな？」

「おお、うう……」体中を撫でまわされて、俺は思わず声をもらしてしまった。「ああ、そこだ……もうちょい上！　あふぅん……おお、ちくしょう、こいつは兎のよろこばせ方を知ってやがるぜ！」

「目を見ればわかる」兎を撫でる手を止めずに、やつは話をつづけた。「モー・モンゴメリーには信念があった。やつは本気でマンシーニさんとロス上院議員の不正を暴こうとした。敵ながら天晴れなやつさ。だから俺も敬意を表して一発でしとめたんだ。だけど、おまえとそこにころがってる野郎はちがう。モーが突き止めたことでひと儲けたくらむようなケチなチンピラだ」口を開きかけたバレンタインを人差し指一本で黙らせる。「今度話の腰を折りやがったら、おまえもあの世に送るぞ」

「じゃ、じゃあ、俺はたすかるのか？」

「今度のことはおまえがひとりで考えたことか？」

バレンタインが唾を呑む。

「ちょっと調べさせてもらったんだが」ラッキーボーイが言った。「みんな笑ってたぜ、おまえが環境保護団体に入ってるって俺が言ったらな。バットで近所の犬を殴り殺したことがあるんだってな。そんなおまえがモー・モンゴメリーの代理？　教えてくれよ。いったいどんなカラクリがあるんだ？」

バレンタインが口をつぐんでいると、俺を撫でる手がふっと消え、つぎの瞬間にはその手に拳銃があらわれていた。

「うわあああ！」

バレンタインがリボルバーを連射した。

窓ガラスに穴が開き、ラッキーボーイの頭の真うしろにあった花瓶が砕け、あまりの音のでかさに俺は石になった。銃声は六発轟き、硝煙の甘いにおいを残して消えた。

弾の切れたリボルバーを突き出したまま、バレンタインは肩を大きく上下させていた。

「これでわかったかい?」静かな声がしじまを破る。「俺がなんでラッキーボーイと呼ばれてるか」

「あわあわあわ」目を見開いたバレンタインは空のリボルバーを投げすて、両手を高々と挙げた。「こ、殺さないでくれ!」

「質問に答えろ」

「俺にもなにがなんだかわからねぇんだ! 嘘じゃねぇ。ちょいとした事件を……相棒とふたりでガソリンスタンドを襲ったんだ。店員が抵抗しやがったから……」

「撃ったのか?」

「もうだめだと思った。逃げられっこねぇと思ったよ。だけど、だけど……ああ、ちくしょう、べつのやつが逮捕されちまったんだ」

ラッキーボーイは銃口で話を促した。

「ある日、電話がかかってきた。言うとおりにしないと警察にバラすって。人が死んでるんだ。捕まったら何十年も食らいこむことになる。下手したら一生塀のなかだ」

「そんな与太を信じたのか？」

「防犯ビデオの映像が送られてきたんだぜ！」

「で？」

「俺は言われたことをやっただけなんだ。グリーン・リボンに入ったのもそいつの指示なんだ」

「だれなんだ？」

「ほんとに知らねぇんだ！　モー・モンゴメリーとはもうちゃんと話がついてた。お膳立ては全部できてたんだ。俺たちはジョルジ・マンシーニの電話を盗聴した」

「なんでおまえなんだ？」

「俺は技術屋なんだぜ」

「で、どうせならちょいと金をせしめようって気になったんだな？」

「か、金はかえす。だから、だから……」

「テープはどこだ？」

「ないんだ！　嘘じゃねぇ、なくなっちまったんだ！」

「おいおい」

「金はかえす！」半べそのバレンタインがひざまずく。靴にキスしろと言われたら、ほいほいしそうな面だった。「台所のスポーツバッグだ。たのむ、殺さないでくれ！」

ラッキーボーイは俺をやさしく撫でた。「どう思う、相棒？　おまえのご主人様は嘘をついてると思うかい？」

「嘘なんかついてるもんか！　そのテープはたぶんテリーの親父が持ち出したんだ。いまはこのジョニー様が持ってるぜ！」

ラッキーボーイは俺を抱いて立ち上がり、ガタガタふるえまくっているバレンタインを後目に台所へいった。そこには殺されたほうの男が目を開けたまままころがっていた。スポーツバッグを回収すると、俺たちはそのまま勝手口から裏庭をぬけ、家をまわり、芝生を横切り、すこし歩いて車に乗りこんだ。いかにも速そうなシボレーだった。

「なあ、相棒、俺たち上手くやってけそうだな」やつは俺を助手席におき、カーステレオのボタンをたたいた。「ジャズは好きかい？　ドナルド・バードのトランペットさ。仕事のあとには聴きたくなっちまうんだ。この曲はキング牧師の葬式でも流れたんだぜ」

「男はカンツォーネだぜ。それに俺のことを相棒なんて呼ぶんじゃねぇ」俺はきっちりと言ってやった。「このジョニー様はな、あのアーヴィン・バレンタインみたいな腰ぬけとはわけがちがうぜ。黙っててめえについてきたのだって、いつかてめえの息の根を止めるためよ」

「そうか、おまえもそう思うか」やつは俺の頰をこちょこちょした。「だったらな、ちょっと考えたんだけど、名前がいるよな？　いくらなんでも名前なしってわけにはいかないぜ」

「名前ならもう立派なのがあるぜ。耳の穴かっぽじってよく聞けよ、この野郎。俺の名前はな、ジョニー……くぅ、あふぅ……ちくしょう、ジョニー・ラビ……おお、そこだ！　もっと、もっとだ！」

「なにがいいかなぁ。ジャック・ロンドンの本に出てくるあのすごい犬、名前はたしかバット……いや、バディ？　バック？」

「もっと強くだ！」

「サンパーってのはどうだい？」

「……」

「『バンビ』におまえそっくりな兎公が出てくるんだけど、そいつの名前がサンパー《とんすけ》さ。いい名前だろ？」

「ふざけやがって！」俺は足をトントンさせた。「このジョニー様をサンパーなんて呼びやがったら、この大馬鹿野郎、ただじゃおかないからな！」

「そうか、気に入ってくれたのか。じゃあ、よろしくな、サンパー」

「ぶっ殺してやる！」

「見なよ」ラッキーボーイは俺を抱き上げ、俺はやつの顔を蹴飛ばそうともがきまくった。「暴れるなって、サンパー。見ろよ、ショーのはじまりだぜ」

俺はフロントガラス越しに樫並木を見た。ちょうどアーヴィン・バレンタインがピックアップ・トラックに乗りこむところだった。

「その長い耳をふさいでなよ」

ラッキーボーイがそう言った三秒後、この世の終わりみたいな音をたててピックアップが爆発炎上した。

まるで強烈なアッパーカットでも食らったみたいにボンネットが大きく口を開けた。炎に包まれたトラックが叫んでいるみたいだった。でも本当に叫んでいるのは樹の上のリスたちだった。

「腹減ったろ、サンパー?」エンジンに火を入れるラッキーボーイの青い目は冷たく冴えていた。「あと一件用事をやっつけたら、なんか食いにいこうぜ」

気風《きっぷ》のいい若者じゃないか!

ラッキーボーイの野郎はしゃべりまくった。黒人地区で信号待ちをしていて拳銃を突きつけられたとき以外、やつの口は開きっぱなしだった。車をいただくぜ、とその黒人の少年が言うが早いか、ラッキーボーイは少年の目を撃ちぬいた。

「話の腰を折られるのだけは我慢ならないね」信号が青に変わると、あたりまえのように車を出した。「その点、サンパー、おまえはちゃんと話を聞いてくれるもんな」

俺はリアウィンドウをふりかえった。

黒いアスファルトに倒れた人影がゆっくりと遠ざかり、見たかぎりでは二度と起き上がってきそうな気配はなかった。

この人殺しはコヴェーロ・ファミリアの仇だ。月が西からのぼっても、それだけは変わらない。なのに、まるでゴミでもすてるように同胞を撃ち殺すその姿を見るにつけても、好感を持たずにはいられない。

俺とこいつは共生できる。俺がドン・コヴェーロと共生できたように。ある種の鳥は鰐の口に入って掃除をする。鰐がその鳥を食っちまうことはない。それが共生だ。もしニンジンに足が生えていたら、兎を見かければ一目散にライオンのほうへダッシュするはずだ。ニンジンは兎とは共生できないが、ライオンとならできる。わかるかい？　つまりラッキーボーイ・ボビーはライオンで、この俺はジョニー・ラビットだってことさ。

「聞いてるかい、サンパー？　ようするに、あのバレンタインってのがマンシーニさんを出しぬこうとしたってことさ。盗聴テープでゆすりをかけてきやがったんだ」

ラッキーボーイはつぎからつぎへと言葉をかぶせてきた。会話にひどく飢えているみたいだった。いいかい、ここだけの話だぜ、そうもったいをつけてから、やつは打ち明けた。

「マンシーニさんの従兄が大統領選挙に出馬するんだ。おまえも名前くらい聞いたことあるだろ？　それとも、あのバレンタインはニュースも見ないのかい？　ギルバート・ロス上院議員さ。ロスさんは上院議員のうちに実績を残しておきたいんだ。防衛予算をぐんっと増やしときたいのさ。予算案はもう提出している。だけど、なかなか思うようにことが運ばないのがこの世の常さ」

俺は耳をピンッとおっ立てて話を聞いた。

「そこで思いついたのが原子力発電所へのテロリズムってわけだ。なぁに、木端微塵にしようってわけじゃない。ちょいと壁に穴でも開けて、頭にターバンを巻いた連中の仕業にしようって魂胆さ」ステアリングを切り、交差点をぬける。「それをあのモー・モンゴメリーが嗅ぎつけやがった。ガッツのあるやつだったよ。おまえのご主人様とは大ちがいさ。やつは本気で原発を心配してた。それというのも骨の曲がった魚が見つかったり、何匹も兎が死んでいたせいさ。なあ、サンパー、おまえにこんなことを言うのはつらいけど、つい最近もおまえの仲間たちがたくさん死んでたんだぜ。俺個人の意見を言わせてもらえれば、モー・モンゴメリーは完全に正しいよ。あの原発は遅かれ早かれ、とんでもないことになる。モーはそうなる前に手を打とうとしただけなんだ」

ラッキーボーイは口を閉じた。車はちょうど大きな鉄橋を渡ったところだった。

いったいぜんたい、どこで話がおかしくなっちまったんだい、テリー？　流れゆくネオンを俺はぼんやりと目で追った。おまえらの希望の星だったモー・モンゴメリーは過激派なんかじゃなかったみたいだぜ。それどころか、モーは人間を救おうとしてたんだ。モーのあとを継いだアーヴィン・バレンタインはケチな野郎さ。おまえが親父になにを吹きこまれたのかは知らないけど、命を賭けるほどのもんじゃなかったな。

「人間を滅ぼすためにまず兎が滅びる?」俺のひとり言にラッキーボーイが目をむけた。

「ちゃんちゃらおかしいぜ」

「そんな顔するなよ、サンパー」

「うるせぇ、この毒キノコ!」俺はやつを思いっきり蹴飛ばした。「てめえになにがわかるんだ、この糸ミミズ!」

「なに怒ってんだよ、サンパー? 腹が減りすぎたのかい?」

「そんな名前で俺様を呼ぶんじゃねぇ!」

車は夜の真下を走りつづけた。両手でも抱えきれないなにかを乗せて。幽霊たちの街をどこまでも。そうやって、俺たちはみんなちょっとずつ小さくなっていく。抱えこんだものといっしょに小さくなって、小さくなって、やがて消えてなくなる。

安心しな、テリー。悪い夢を見たのはおまえが最初じゃないし、最後でもない。バレンタインの野郎もそろそろいい具合に焼けてるころだろうぜ。そしてな、テリー、つぎの夢ではきっとおまえが人間で、あのロクデナシが兎さ。

車を停めると、ラッキーボーイは俺を抱いて外に出た。

むかった先は道路沿いのくたびれた食堂《ダイナー》で、となりにガソリンスタンド、むかいにはモーテルがあって、あるものはそれで全部だった。

「いまから俺のボスに会うからな、サンパー。どうしてこんなところでって思ってるだろ？ まあ、用心のためさ」

俺はロケットみたいに飛び出していきたいのをぐっとこらえ、おとなしく抱かれてやった。兎一匹、ここは我慢のしどころだ。

ラッキーボーイがドアを押し開けると、カウベルがカランコロン鳴った。ふりかえる者はいない。カウンターとテーブルにへばりついている男たちは、どいつもこいつもとっくのむかしにチェックメイトをかけられているみたいだった。どこでもおなじなのだ。シクラメン通りでも、スズラン谷でも、人間の街でも。ツキに見放された男たちの悲しみは、どこでも変わりはしない。小便のときに出ちまう屁みたいに手に負えない人生を抱え、自分を損なうことでしか世のなかを見かえせないやさしいやつら。

奥のテーブルの男が手を挙げた。ラッキーボーイは俺を抱きなおし、チェス盤みたいなフロアを進んでいった。

胃がひっくりかえりそうになったのは、なにも店にたちこめる油のにおいのせいばかりじゃない。テーブルには男がふたりいた。ひとりはこっちに背をむけている。そして、よく陽に焼けた顔から白い歯がのぞいているほう――ドン・コヴェーロが言っていた。ジョルジ・マンシーニはいまでも週に三回はテニスをやってやがるのだ！　仕立てのいいダークスーツにペイズリー柄のネッカチーフ（〝伊達男〟・トニーもおなじような柄のネクタイを持っていた）。白髪も増えてなけりゃ、手にふるえがきていそうもない。兎と人間の時間のギャップをあらためて感じずにはいられない。そうなのだ。コヴェーロ・ファミリアがこの野郎につぶされて、まだ半年の時間しか流れてないのだ。

ラッキーボーイがそのテーブルに近づくと、こっちに背をむけていた小山のような男が立ち上がった。

「よう、ボビー。なんだい、そいつは？」

「こんちは、マンシーニさん。やあ、ブルーノ」ラッキーボーイは俺をゆすった。「こいつはサンパー、俺の新しい相棒さ」

「ずいぶんと薄汚ぇ兎公じゃねぇか、え？」男は両手を広げ、困ったように笑ってみせた。「それに、なんだってまた相棒なんかいるんだい？　ラッキーボーイの名前を返上してラビットボーイにでもなるつもりかい？」

男は自分のジョークにひとしきり笑った。ラッキーボーイの手が冷たくなっていくのがわかった。

俺はその男に目を留めた。どうやらパンチドランカーという噂は本当らしい。ブルーノ・ラニエリ。マンシーニの右腕、またの名を〝ブル〟・ブルーノ、〝木偶《でく》の坊〟・ラニエリ。現役時代は殴られても殴られても前へ前へのブルファイターだったそうだ。四回戦のハリケーン・ロニーに顎を砕かれてリングを去った。ハリケーンの目蓋の傷は、その試合でこいつの頭突き《バッティング》を食らったせいだ。

そのハリケーン・ロニーはといえば、いまも殺人の濡れ衣を着せられてムショに入っている。ブルーノ・ラニエリが仕組んだのだ。すくなくとも、コヴェーロ・ファミリアの面々はそう信じていた。ガソリンスタンドでふたりの白人が撃ち殺されたとき、ハリケーンは〝伊達男〟・トニーと飲んでいたのだから。アレン・ジャクソンだってそう証言している。なのに、警察はトニーやアレンの証言を一蹴した。買収されていたにちがいない。コヴェーロ・ファミリアがハリケーンのプロモーターだったのも悪かった。大事な金の成る木のためにマフィオーソが口裏をあわせたと思われたのだ。ドンはブルーノ・ラニエリを殺してやると息巻いたが、ジョルジ・マンシーニがしゃしゃり出てきてやつを自分の組に引き入れた。いまにして思えば、ドンとマンシーニはあのころからギクシャクしだしたのだ。

「よせ、ブルーノ」ジョルジ・マンシーニがたしなめた。「よくきたな、ボビー」

三人の男と一匹の男は席についた。

人間どもはしばらく他愛のない話をつづけた。足をトントンしたいのを俺は必死でこらえなくてはならなかった。いますぐにでもマンシーニの野郎に飛びかかって、めちゃめちゃにしてやりたい。が、ラッキーボーイのこわばった手がこう言っていた。サンパ―、いくらおまえでもマンシーニさんになにかしたら覚悟しておけよ。

俺の五感に語りかけたのは、なにもラッキーボーイの手ばかりじゃない。ブルーノ・ラニエリだ。頭のハゲた薄汚い大男にしては、妙にさっぱりしたにおいをさせているのだ。目を閉じてそのにおいだけを嗅がされたら、絶対にマフィオーソとは思えなかっただろう。すくなくともドン・コヴェーロや〝伊達男〟・トニーのような、頭のてっぺんから爪先までどっぷり男の世界に浸かっているにおいじゃない。

「それで?」と、マンシーニは祈るように両手をあわせた。「やはりテープはなかったんだな、ボビー?」

「はい、すくなくともアーヴィン・バレンタインは持ってませんでした」

いや、ちがう。俺は気をとりなおした。ブルーノ・ラニエリから男のにおいがしないのは、野郎が男じゃないからだ。マンシーニなんかにくっついてるような腰ぬけが男であるはずがない。

「くそ、食えたもんじゃねぇや」そのブルーノが食いかけのハンバーガーを皿に投げすて、ナプキンで口を拭いた。「で、金は? ちゃんと回収したんだろ?」

「金はなかった……いや、どうかな、車ごとバレンタインを吹き飛ばしたんでね」ラッキーボーイの手が汗ばむ。「それよりマンシーニさん、ちょっと気になることがあるんです」

「おいおい、ボビー、そんな話を信じろってのかい？」

「あんたに信じてもらわなくたっていいさ」

ブルーノ・ラニエリの口がゆがんだ。

にらみあうふたりをしばし眺めていたジョルジ・マンシーニだが、おもむろに葉巻をくわえると、金のライターで火をつけた。

「よせ、ブルーノ」

「でもマンシーニさん……」

「このボビーが私に嘘をつくはずがない」マンシーニはラッキーボーイの頰をつねった。

「気になることってのはなんだ、ボビー？」

「バレンタインに盗聴の指示を出したやつがいるそうです」

「だれだ？」

「わかりません」

マンシーニに見すえられると、ラッキーボーイはしどろもどろになってアーヴィン・バレンタインから聞き出したことを報告し、最後にこうしめくくった。「もしそれがほんとなら、かなり大がかりな組織が俺たちを狙ってることになります」

「車のなかもちゃんと調べてたら、なんか手がかりがあったかもな」ブルーノ・ラニエリが冷笑した。「まあ、俺はおまえがそれほど間がぬけてるとは思ってねぇがな」

「おい、ブルーノ」ラッキーボーイの目がすわる。「そりゃどういう意味だ?」

ブルーノ・ラニエリは大げさに降参のポーズをとった。

「やあ、ハニーバニー《うさこちゃん》」マンシーニが俺の頭に手をおいた。

咬みついてやりたくてうずうずしたが、汗をかきまくっているラッキーボーイの手のほうが気になった。脈も速い。その手は、やつのなかでなにかが限界にきていることを教えていた。俺は奥歯を噛みしめてマンシーニの愛撫に耐えた。

「おお、よしよし。おとなしいな、おまえは。ボビーの相棒になるんならな、ハニーバニー、まずは獣医にちゃんと診《み》てもらったほうがいいな」

「おい、兎公。獣医にいったらな、お得意のラビット・ファック《すばやいセックス》が二度とできねぇ体にされちまうんだぜ」

ブルーノ・ラニエリはまたしても自分のジョークにガラガラ声をたてて笑った。

「うちの犬のいきつけの獣医に電話を入れといてやる」と、こともあろうか俺を抱き上げて自分の膝に乗せるマンシーニ。「明日にでも連れていったらいい」

「俺に触るんじゃねぇ、この黒ナマズが!」

「そうします」それを機にラッキーボーイが席を立った。「すみません、ちょっとトイレにいってきます」

ラッキーボーイがいなくなると、マンシーニはブルーノ・ラニエリに言った。

「おまえはなぜいつもボビーにつっかかるんだ、ブルーノ？」

「あいつ、嘘ついてますぜ」

「ブルーノ」

「なぜって、やつがイタリア人じゃねぇからですよ」

「組にはイタリア人じゃないのもたくさんいるだろ」

「だけど、幹部待遇のやつはいませんぜ」

「ボビーはこの私がひろって育てた。私のために血を流してきた。たしかに頭はよくないが、やさしいし信頼できる男だ。今回だって、これでもうバレンタインの証言におびえずにすむ」

「へぇえ、それならどうして組へ出入りさせないんで？　こんなところでこそこそ会わなくたってよさそうなもんですがね」

「それはな、ブルーノ」マンシーニは葉巻を吸い、煙といっしょに溜息をもらした。「用心に越したことはないからさ。ボビーの顔を知ってるのは私とおまえだけだ。どういうことか、わかるか？」

「やつが殺し屋だからでしょ？」

「いざとなったらボビーの存在を完全に消せるからさ。私とおまえが口をつぐんでいれば、だれもボビーの存在を知らないんだ」

「なるほどね。あの金の番号を全部ひかえさせたのも、そのためだったんですね。野郎がネコババしたってすぐにわかるってわけだ」

「身内に裏切者がいないか洗ってみてくれ」

「ボビーもふくめてですかい？」

「私が心から信頼しているのは、ブルーノ、おまえだけだよ」

頬をつねられると、ブルーノ・ラニエリはブルドッグみたいにはにかんだ。マンシーニは俺に片目をつぶってみせた。

「いまの話はボビーにはないしょにしててくれよ、ハニーバニー」

「なめやがって！」

俺は渾身の力でマンシーニの手に咬みつき、野郎がひるんだ隙にブルーノ・ラニエリに飛びかかって顔をひっかきまくった。テーブルから皿やカップが落ちて割れ、死人のような客たちが色めきたった。

「この兎公め！」ブルーノが俺の耳をつかんで持ち上げる。「首っ玉をへし折ってやる！」

「かかってこい、木偶の坊！」俺は足をジタバタさせた。「このジョニー様が相手になってやるぜ！」

たぶん、俺はうしろめたかったのだ。だれとでもファックするラビッチになったような気分だった。ドン・コヴェーロに抱かれ、ラッキーボーイ・ボビーに抱かれ、いまはジョルジ・マンシーニに抱かれている。

〝木偶の坊〟・ラニエリのグローブのような手が首にかかり、顔が明後日のほうにねじられる。ラッキーボーイがちょうどもどってきたからよかったようなものの、さもなきゃ本当にポッキリいってただろう。

「やめろ、ブルーノ！」

ふりかえったブルーノ・ラニエリが見たものは、真っ直ぐに突き出された拳銃だった。

「サンパーを放せ」

「撃て、ラッキーボーイ！」俺はがなった。「ぶっ殺せ！」

「へぇえ、どうしようってんだい？」嘲笑うブルーノ・ラニエリの手が俺の首をねじあげる。「こいつはマンシーニさんに咬みついたんだぜ。こいよ、どうせてめえとはケリをつけなきゃなんねぇんだからよ」

「手を放せ、ブルーノ」

冷たい目が照星《フロントサイト》越しにブルーノにすえられる。

「よせ、ブルーノ」マンシーニが言った。「ボビー、おまえもだ。銃をしまえ」

「耳を貸すな、ラッキーボーイ！　じゃなきゃ、おまえが殺られるぞ！　撃て！　マンシーニをぶっ殺せ！　そうすりゃ俺が、このジョニー・ラビットが一生おまえのサンパーになってやる！」

「さあ、ボビー、こんなことで仲間に銃をむけるもんじゃないぞ」

ラッキーボーイはマンシーニを見やり、ブルーノに目をもどし、けっきょく言われたとおりにした。こいつの人生、おそらくこんな小さなまちがいがどこまでも積み重なっているのだ。

「すみませんでした、マンシーニさん」

「いい子だ、ボビー」

「ほらよ」ブルーノが俺を放り出す。「ラビットボーイちゃんよ」

「疲れただろ、ボビー」マンシーニがラッキーボーイの頬を撫でた。「今日はもう帰って休め」

この役立たずはもごもごと口のなかでなにかつぶやき、暴れる俺を抱きすくめてそそくさと店を出た。

ブルーノ・ラニエリのだみ声が追いかけてきた。「ヘッ、てめえに俺とやりあう度胸なんかねぇってわかってたぜ！」

「目を覚ませよ。やつら、おまえを利用してるだけなんだって」車に乗りこむまで、俺はラッキーボーイにしがみついて説きまくった。「おまえがちょろまかそうと思ってるあの金な、ちゃんと番号をひかえられてんだぞ。それがどういうことかわかるか？　俺にはさっぱりだぜ。兎だからよ。だけど、でも……ええい、俺を相棒にしたいんなら兎語のひとつもおぼえやがれってんだ！」

車に乗ってからも、ラッキーボーイは俺が落ち着きをとりもどすまでずっと胸に抱いていてくれた。

混乱がゆっくりと沈殿していくなかで、俺は不思議な感覚にとらわれた。鼓動のせいだ。ラッキーボーイの心臓に怒りはなく、おびえてもおらず、まんまと金をせしめた興奮さえもなかった。ゆったりと力強く、満ち足りた脈動がやつの胸から俺の胸に波紋のように広がっていく。上手く言えないが、そこにあるのは感謝のようなものだった。

「なあ、サンパー、さっきのは俺を相棒だと認めてくれたってことだよな？」

「なに言ってんだ、このどてかぼちゃ？」

「ありがとうよ、相棒」

「………」

すこし考えて、こいつの言いたいことがわかった。俺はマンシーニに咬みつき、ブルーノ・ラニエリに喧嘩を売った。そして、こいつにはギュッとしがみついて離れなかった。それがこのうすのろの目には、一匹の兎が自分にだけ心を開いたように映ったのだ。

「なあ、ラッキーボーイ」俺は言ってみた。「このマヌケ野郎、トンマ野郎、ケツの穴野郎。このジョニー様がおまえみたいなチンコ吸いのホモ野郎なんかに心を開いてたまるかよ」

「うれしいよ」兎を撫でるやつの手に慈愛が満ち満ちた。「俺さ、絶対にいいご主人になるから」

人間ってやつは!

どんなやつでも自分の心の奥底には透明な結晶かなんかがあると思いこんでやがる。ドン・コヴェーロといわず、ラッキーボーイ・ボビーのようなケチな人殺しでさえそうだ。で、どういう理屈かはさっぱりわからないが、動物になつかれるとその結晶の存在を確信してしまう。穢れなき本当の自分。おなじ結晶を持つ者しか入れない秘密のクラブ、ペットはその入場券みたいなものなのだ。

俺は不思議なのだ。どうすればそこまで自分に嘘がつけるのだろう? ほとんど芸術じゃないか。腹が減っていまにも死にそうになったら、ラッキーボーイだって兎料理をこしらえるにちがいない。どんな結晶を持っていようが関係ない。してみるに、哲学とは胃袋の問題のあとにやってくるのだろう。

ラッキーボーイはエンジンをかけ、おびえた兎を気遣って静かに車を出した。

やれやれ……いや、しめしめ。この国が餓死者を出すような事態に陥らないかぎり、ラッキーボーイにとって俺は、このジョニー・ラビットは世界でただ一匹の兎だ。

近いうちにまた会おうぜ、ジョルジ・マンシーニ。


ラッキーボーイ・ボビーは体を丸め、親指を吸いながら眠った。

夜は兎の時間だ。

俺はアパートのなかをうろつきまわった。部屋が三つに浴室、台所。どの部屋にも最低一挺は拳銃が隠してあった。枕の下、ソファの下、観葉植物の陰、カップボードのなか、冷蔵庫の上、タオルのあいだ。兎の鼻をもってすれば、見つけ出すのはたやすい。火薬やワセリンのにおいをたどっていけばいい。

気がついたことは、ほかにもある。アパートのドアを解錠する前に、ラッキーボーイは顔を床につけ、ドアの下に貼りつけた薄い紙テープが破られてないかをまず確認した。部屋に入ってからも、窓という窓でおなじ作業をくりかえした。冷蔵庫からセロリを出してくれたのは、そのあとだった。

ラッキーボーイは段ボール箱にクッションをつめ、兎の寝床をつくってくれた。キルト地の甘ったるいクッションだった。ベッドへいく前に、やつはミルクを飲みながらしばらくテレビをぼけっと眺めた。俺は気《け》どられないように、クッションの下にカセットテープやらなにやらを隠した。

おい、ボビー、これが本当のおまえかい？　ベッドに跳び上がった俺は、ラッキーボーイの寝顔を見下ろした。こんないい陽気の晩に、窓を全部閉めてなくちゃならないのかい？　それって、幸運《ラッキー》なことなのかい？

パトカーのサイレンが西から東へ流れていく。犬が吠えていたが、それはブルースじゃなかった。似ても似つかないものだった。荒くれのリスたちは今宵も血で血を洗っていることだろう。

ベッドから跳び下り、居間へもどる。

アーヴィン・バレンタインのところから持ち帰ったスポーツバッグが、そのままコーヒーテーブルにのっていた。開いたファスナーから札束がいくつも見える。

このジョニー・ラビットになにができるだろう？

ジョルジ・マンシーニとギルバート・ロスを破滅させるテープはこっちにある。問題はそれをどう使うかだ。今日見たかぎりでは、ラッキーボーイにテープを渡すのは得策じゃない。論外だ。尻尾をふってマンシーニに差し出しかねない。だったら、どうすればいい？　テリーの親父は人間の言葉を信じた。ただの断片を真相だと思いこんだ。テリーはその親父の言葉を鵜呑みにした。結果はとんでもないものだった。

なにも信じるな、ジョニー。俺は何度も自分に言い聞かせた。自分の持ち札だけで勝負しろ。テープ、アーヴィン・バレンタインの写真入りカード、燃え残ったラッキーボーイの写真。そこからできることと、できないことをふるい分けろ。話にならない理想に惑わされるな。

ソファにうずくまり、いつまでも体をゆすりつづけた。ラッキーボーイが寝返りを打つたびに、時間がどんどんなくなっていくような気がした。カーテンの隙間から射しこむネオンのせいで、スポーツバッグの札束が地獄への片道切符に見える。その光景をえんえんとにらみつづけた末に、ひとつの答えがあった。

最初は小さな点だったその思いつきは、すぐに奥行きを持って広がり、すべてを呑みこんでうねりだした。体にふるえが走る。頭のなかで嵐が吹き荒れた。

俺は立ち上がり、テーブルに跳びうつろうとした。足を踏みはずして床に落っこちてしまった。体を引きずってソファによじのぼり、もう一度挑戦する。今度は上手くいった。スポーツバッグの金を見下ろす。

番号が全部ひかえられた金。

それがなにを意味するのか、兎の俺にはわからない。金ってやつはみんなおなじに見える。マイケル・コヴェーロがドンの金は汚いとののしったとき、ドンは言った。「金は金だ！　きれいも汚いもあるもんか！」そして、ブルーノ・ラニエリはたしかにこう言った。「野郎がネコババしたってすぐにわかるってわけだ」そう言うからには、このバッグのなかの金は一枚残らずほかの金と区別できるようになっているということだ。たぶん、なにかしるしがついているのだろう。

ボビーのベッドが軋み、俺は身を硬くする。

また静かになった。

暗殺者は兎の夢を見る。体のなかにまでしみこんでくるような静けさのなかで、俺はいつまでも金を見ていた。

5

一番鶏が時をつくる前にラッキーボーイは起きてきた。

「おはよう、サンパー。よく眠れたかい？」

「おまえこそちゃんと寝てんのかい、ボビー？」

冷蔵庫からニンジンをとり出すラッキーボーイのまわりを俺はくるくる走りまわった。そうされることを人間は好む。そのほかに人間が好きなこととしては、頬ずりと手をなめられることがあげられる。案の定、この手はラッキーボーイにもばっちり効いた。やつは俺のそばにしゃがみこみ、ニンジンを食っているあいだじゅう、ずっと背中を撫でていた。

寝起きの人間がやらなくてはならないことをひととおりすませたラッキーボーイは、街角のスタンドから新聞を買ってきた。それを読みながら、拳銃の手入れをしていく。拳銃は七挺もあったが、やつはそれをいちいち分解し、丁寧に汚れを拭きとり（ちっとも汚れていない）、油を差し、また組み立て、片目をつぶっては銃口をのぞきこんだりした。

それから時間をかけて体を鍛えた。腕の運動、脚の運動、胸の運動、腹の運動、喧嘩の練習。仕上げに鏡の前で裸になり、割れた腹筋をためつすがめつ眺めるのだった。シャワーを浴びて出てきたころには、太陽はほとんど真上にきていた。

「まずは病院だぞ、サンパー」

ラッキーボーイは金の入ったスポーツバッグを肩にかけ、片手で俺を抱き上げた。

俺たちは車に乗り、俺が助手席でうたた寝をしているあいだに病院に着いた。

ラッキーボーイに抱かれてその白い建物に入っていくとき、忘れかけていた記憶がふと頭をよぎった。が、なにかを思い出すどころじゃなかった。それほど圧倒的なアルコールのにおいだったのだ。それに動物たちの鳴き声ときたら！　建物の奥から悲しみや呪いの叫びが絶え間なくあがっていた。俺はなんとか思い出そうとした。どうしてもだめだった。

「ふるえてるのかい、サンパー？　大丈夫、心配することはなにもないさ」

「うるせぇ、この馬泥棒！」

ラッキーボーイは待合室のベンチに腰かけ、俺はといえば、やつの膝の上で生きた心地がしなかった。あの日のウィスキーのにおいがまだ鼻についていた。再会の樹で死んだ兎たちがおいでおいでしている。テリーが俺の足首をつかみ、地面のなかへ引きずりこもうとした。

病院のことは知っている。マフィオーソなら「傘」とか「狙い目」という言葉とおなじくらいの頻度で耳にする。すくなくとも「写真判定」や「投資信託」の数倍はよく耳にするはずだ。わからないのは、自分がなんで病院なんかにいるのかってこと。

待合室にはちっぽけな犬が一匹と猫が二匹、ふさふさした鼠が一匹いた（もちろんやつらの飼い主も）。どいつもこいつも身の安泰と引きかえに、なにかを差し出してしまったような面をしていた。

「なあ」俺はだれにともなく声をかけた。「俺たち、これからどうなっちまうんだい？」

犬がこっちを見た。「きみ、はじめてかい？」

「ジョニーってんだ」

「僕はローリー」

「よろしくな、ローリー。ここへはよくくるのかい？」

「月に一度はね。心配することはないさ。ガードナー先生はとっても親切な人だから」

「親切だって？」と、カゴに入れられているほうの猫が口をはさむ。紐につながれたもう一匹のほうは、この世になんの未練もなさそうだった。「あんた、自分がなにされたかわかってないんじゃないの？」

「黙っててくれよ、マギー・チャンは。ジョニー、ガードナー先生は腕のたしかな人さ」

「どこかおかしいところはないの？」と、猫。「たとえば雌犬を見かけてもムラムラしなくなったとかさ」

「それって、いいことじゃないか」

「ハッ！　あんたはね、もう男じゃないんだよ。そこの兎さんも気をつけたほうがいいわよ。あのガードナーってやつはね、笑いながらあたしの妹を殺したんだから！」

「ところで」と、俺。「マンシーニってやつの犬もよくここにくるんだろ？」

「それはジリオラのことだね」と、犬のローリー。「体の大きなアフガンハウンドだろ？」

「どんなやつなんだい？」

「いけ好かないビッチさ!」猫のマギー・チャンがわめいた。「飼い主のババァにそっくりのね!」

「あんたの飼い主はよさそうな人じゃん」と、これはふさふさした鼠。「なんつーか、身のこなしに動物的なリズムがあるし」

やがてナースが俺の新しい名前を呼び、ランプシェードみたいなものに首をつっこんでいる犬と入れちがいに診察室へとおされた。

「注射には気をつけな!」ドアが閉まる前にマギー・チャンの声が聞こえた。「あんたが男でいたいならね!」

診察室のなかはさほど広くなく、ベビーブルーの壁には犬や猫や兎の写真が飾ってあった。血や病気の上にアルコールをべったり塗りつけたようなにおいがしていて、とくに革張りの豪華な診察台がひどかった。たぶん、何百という兄弟たちの涙や無念がしみこんでいるのだ。

「やあ、わんぱくそうなうさちゃんだ」白衣を着たにこやかな男がラッキーボーイと握手した。「はじめまして、ドクター・ガードナーです」

「あの、その……あちこち怪我をしてるみたいで」ラッキーボーイはおどおどしていた。拳銃を持っているときとはまるで別人のようだった。「名前は、えっと、サンパーです」

「こんにちは、サンパー、ちょっと体を診せてもらうよ」

ドクター・ガードナーはクリップボードになにか書きつけてから俺をとりあげ、耳をひっぱったり、目に光をあてたり、体をひっくりかえしてケツの穴をのぞきこんだりした。

「ふむ、なるほど。たぶんストレスの強い環境にいたんでしょうね。うさちゃんは自分で毛をむしっちゃうことがあるから。おお、よちよち、痛かったねぇ」

「また生えてきますよね？」

「塗り薬で大丈夫ですよ」ドクター・ガードナーは俺を抱きなおした。「マンシーニさんからは去勢手術のことも言われているのですが、どうされますか？」

「うちにはこいつ一匹なんで必要ないです、手術は。ありがとうございます」

俺は恐怖のせいで足をキックキックさせたが、だれもそれを気にとめる様子はなかった。こんなところに連れてこられた動物は、きっと多かれ少なかれ似たような反応をしめすのだ。だけど、俺は見てしまったのだ。上になったり下になったりする診察室の風景のなかで。筒の先に針がついた器具を！

一気に記憶が蘇った。ディーディー・ラビットが言っていた。筒の先に針がついたものを体に刺され、目が覚めたときには金玉がきれいさっぱり消えてなくなっていたと。

「つぎはおまえの番さ、ジョニー」と。

なんてこった！

俺は、このジョニー・L・ラビットは運がよかったのだ。いまのいままでドン・コヴェーロが殺されたことばかり嘆き悲しんでいたが、もし何事もなかったら俺もディィーとおなじ目に遭っていたのだ。

「ちくしょう、放せ！」俺はドクター・ガードナーを蹴りまくった。「俺を放しやがれ！」

「おおっと！」

「こら、暴れるんじゃない、サンパー」ラッキーボーイが俺を抱こうとした。

「俺をサンパーなんて呼ぶんじゃねぇ！」

「いやぁ、これだけ元気なら大丈夫ですよ」ドクター・ガードナーは微笑んでいたが、その手は兎の首なんか何百回も折ったことのある手だった。「それでは、待合室のほうで……痛っ！」

もうなにも耳に入らなかった。耳から煙があがるほど興奮していた。ガードナーの鬼野郎の手をぎゅっとかじると、俺はやつの顔面をジャンプ台にして跳んだ。会心のジャンプだった。診察台でワンクッションして着地するや、ドアにむけて猛ダッシュした。

「待て、サンパー！」

「くそったれ、このジョニー様の金玉にゃ指一本触れさせねぇぞ！」ナースの脚のあいだをくぐりぬけ、診察室のドアにすがりつく。「開けてくれぇ、おい、だれかぁ！ ローリー！ マギー・チャン！」

うしろからひょいと持ち上げられた。人間にしてみれば兎なんて籾殻《もみがら》同然なのだ。必死の抵抗もむなしく、俺はクレイジー・ドクターの手に落ちてしまった。

「その汚《きたね》ぇ手を放しやがれ！」

サバトの黒兎の理念に共感せずにはいられない。人間を滅ぼすにはある限界を超えなくてはならないのだ。こんなことなら、あのときテリーたちといっしょにこの命を投げ出しておけばよかった。

「俺の金玉をどうこうする権利なんてだれにもないはずだぜ！」白衣の肩越しにラッキーボーイの心配顔が見えた。「おい、ボビー、なんとかしてくれ！」

「こらぁ、捕まえたぞぉ」自分の顔がだれにも見えてないのをいいことに、ガードナーのやつ、舌なめずりをして小声でこうきやがった。「逃げられっこないぜ、お嬢ちゃんよ」

「うわあああ！」

「サンパー！」

「た、たすけてください！」藁にもすがるような思いで叫んでいた。「俺はもうシクラメン通りに帰るんですから！」

「いやぁ、ほんとに元気のいいうさちゃんだ」ふりむいたとたんガラッと態度を変えたこの悪魔は、いけしゃあしゃあと俺をラッキーボーイの懐にもどした。「じゃあ、お肌の塗り薬だけ出しときましょう」

俺たちは診察室を出た。ラッキーボーイの背後でドクター・ガードナーが口をすぼめて俺に投げキスをした。

しくしく泣いている俺を見てローリーがキャンキャン吠え、マギー・チャンはゲラゲラ笑った。クソ食らえだ。俺はミドルネームの〝L〟を守りぬいた。それこそが大切なことで、それ以外はどうでもいい。

ちがうかい？

さて、病院を出た俺たちは正味四十分ほどのドライブでべつの国へたどり着いた。つまり、この国とは断じて思えない一角に。

はじめてくる場所だった。陽が沈むにはまだ早いというのに、街並みはくすんでいて、どことなく黄色がかっていた。通りを歩いている人間もやはり黄色がかっていて、ひとり残らず黒髪だった。信号待ちで車が停まったときに道端で怒鳴りあっている男と女を見かけたが、なにを言っているのかさっぱりわからなかった。俺には彼らが喧嘩をしているようにしか見えなかったけど、信号が変わるころには手をとりあってくすくす笑っていた。世界は広い。彼らの「笑う」がまちがっていて俺の「笑う」が正しいなんて、だれにも言えないのだ。看板は横書きではなく縦書き。見たこともないような複雑な文字が街中にあふれかえっていた。

それに、忘れちゃならないのがにおいだ。黒人地区とはまたべつのやり方で胃袋をぎゅうぎゅうしめつけてくる。謎はすぐに解けた。この街のにおいにはちゃんと実体があるのだ。レストランと思しき店の前をとおったとき、ガラス張りのむこうに丸焦げになった家鴨《あひる》が何羽も吊されているのを見た。家鴨たちは鉤針にひっかけられていて、太った男に包丁で八つ裂きにされていた。むかしのチェインギャングみたいに紐でつながれたトカゲの干物も見た。死の気配だけじゃなく、死そのものがいたるところにある。その証拠にラッキーボーイだってこう言った。

「知ってるかい、サンパー、ここの人たちは犬まで食うんだぜ」

犬！

聞きまちがいかと思った。犬といえば人間のいちばんの友達じゃないのか？　猫が二番、金魚が三番、兎は鸚鵡《おうむ》とならんでそのつぎくらいだ。人間にとっての兎とは、五分五分でペットと食料だとずっと思ってきた。とんでもない贔屓目《ひいきめ》だったのだ。犬まで食われるのなら、兎なんて食料以外の何者でもない。猫や鸚鵡が食われるのは聞いたことないが、もし食われているとすれば、それはこの界隈でだ。

シボレーは死を隠そうとしない街を徘徊し、やたらと派手な赤い門をくぐったところで停まった。エンジンを切り、サイドブレーキを引き上げると、ラッキーボーイは車を降りてトランクからあのスポーツバッグをとり出した。それから助手席にまわってきた。

「すぐに帰ってくるからな、サンパー」

「待て、ボビー、こんなところで俺をひとりぼっちにするんじゃねぇ！」

やつはふりむきもせず、〈油飯〉と〈聚寶宮〉のあいだの細い路地を入っていった。それが文字なのか絵なのか、俺にはなんとも言えなかった。

思ったとおり、厄介事はすぐにむこうから近づいてきた。やけに目の細い少年たちがラッキーボーイの車を遠巻きに眺め、ひとりが運転席からなかをのぞきこんできたのだ。俺と目があうと、そいつは仲間たちに大声で言った。

「トゥーズトゥーズ！」

すぐにみんな駆け寄ってきて、口々におなじことをわめきだした。

「上等だ、てめえら、俺にそんな口をきいてただですむと思うなよ！」

ひとりがナイフをパチンとひっぱり出し、ドアの鍵穴をガチャガチャえぐりはじめる。

「よおし、かかってきやがれ。後悔してももう遅いぞ！」

カチリと音がしてロックが跳ね上がると、ナイフのやつがドアを開けて俺の耳をつかんだ。

「トゥーズ！」

一難去ってまた一難だ。やっとあの藪医者の手から逃れても、人生ってやつは危険が長蛇の列をなして順番待ちをしている。

「てめえら、覚悟はいいんだろうな⁉」宙ぶらりんになった俺は、あらんかぎりの声をしぼり出した。「ボビー！　たすけてくれ、ボビー！」

すると、どうだ。まるで魔法みたいにあらわれたラッキーボーイが少年の手から俺をかすめとり、ついでにナイフまでとりあげ、おまけにそのナイフで少年の額を真一文字に切り裂くではないか！　俺はテレビで見たことがあるのだが、それはまるでインディアンが頭の皮を剝《は》ぐときのような、じつにあざやかな手つきだった。

顔面血だらけでのたうちまわる少年を見て、ほかの少年たちが凍りついた。

「こ、これ、あんたの車かよ？」ひとりが口を開き、やっと俺にもわかる言葉をしゃべってくれた。「俺たち、まだ八年生なんだぜ」

ラッキーボーイはその子に目をむけ、たっぷり間をとってからこう言った。「だから？」

そのひと言だけだった。

少年たちは額を切られた子を抱きかかえるようにして雑踏へまぎれていった。授業料としてはちょいとばかり高くついたかもしれないが、それを言うならシボレーだって高い。あとはあの子たちが今日という日をしっかりと胸に刻んで、立派な大人になるのを祈るばかりだ。

「大丈夫かい？」ラッキーボーイは俺を胸に抱いた。「ちゃんと聞こえたよ、サンパー。俺を呼んでくれただろ？」

「これ以上俺を愛するな」俺はやつにしがみついた。「このジョニー様はおまえを破滅させるためにここにいるんだぞ」

6

つづく数日は何事もなくすぎていった。

ラッキーボーイ・ボビーの仕事は九時五時じゃない。タイムカードとは無縁。ジョルジ・マンシーニから連絡がないかぎり、朝の日課——拳銃の手入れと体の鍛錬——以外でやつを縛りつけるものはなにもなかった。

俺はあと一歩が踏み出せずにいた。ドクター・ガードナーのせいだと言えば言えるが、本当はそうじゃないことは俺自身がいちばんよく知っていた。計画はたやすく意思にまで育った。なのに、邪魔するものがあるのだ。意思が覚悟にまで育つのを。死もそのひとつ。だけど、それだけじゃない。

ところで、ラッキーボーイは俺を連れてよく散歩に出かけた。俺のおかげで、やつはどこへいっても人気者だった。

「かわいいうさちゃんですね」

こう声をかけられて、ありがとう以外の返事があるだろうか？　ラッキーボーイにはあるのだ。

「このサンパーはね、シスター・バージニアの生まれ変わりなんです」

兎を抱いた大の男に真剣な眼差しでそんなことを言われて狼狽しない人がいるだろうか？　俺の見たかぎり、目を白黒させてその場を立ち去らなかったのは、地べたにすわっていた両脚のない男だけだった。

「俺は信じるぜ」と、両脚のない男は言った。「俺のダチにも自分の前世は爆撃機だったってやつがいるよ」

ラッキーボーイはその男のカップに小銭を入れてやった。

また、あるおだやかな昼下がりに俺たちはチューズデイズにいた。ラッキーボーイがいつもコンビーフのサンドイッチを買う店だ。テレビがついていて、ちょうど火事になった養豚所のニュースをやっていた。千二百頭の兄弟たちが焼け死んだという。

「へぇえ」客のだれかが笑った。「さぞや美味そうなにおいがしてたんだろうな」

俺を抱くラッキーボーイの手が冷たくなっていくのが感じられた。俺たちはサンドイッチを買わずに店を出た。

わかってもらえるだろうか？

ラッキーボーイ・ボビーを知れば、やつがただの弱虫だと見えてくる。それがこの男の正体で、それ以外の何者でもない。そして弱虫のことなら、俺は、このジョニー・ザ・バニーは本を書けるほどよく知っている。

また体がかゆくなってきた。

その日、腹筋をうっとり眺めていたラッキーボーイ・ボビーの灰色の朝は、一本の電話で薔薇色に輝きだした。

「サンパー！」やつは俺を頭上にかざしてくるくるまわった。「今日は俺の家に連れってやるからな」

ラッキーボーイは長い時間をかけてめかしこんだ。居間にやつが出てきたとき、俺はソファの上でうとうとしていた。

「どうだい、サンパー？」

人間についてわからないことのひとつが、この服ってやつだ。ミセス・コヴェーロはドレスを百着も持っていたが、彼女がヒステリックなババァだったことに変わりはない。〝伊達男〟・トニーはいつもビシッと折り目のついたズボンをはき、顔が映るくらいピカピカに磨きあげたツートーンカラーの革靴をはいていたが、見てくれにおびき寄せられる女たちを心底軽蔑していた。ドン・コヴェーロはこう言った。「兎をカモりたきゃ兎の気に入る格好をしな」

いつもの小粋なスーツじゃなく、ラッキーボーイはまるでデパートの靴下売り場の店員のようなブレザーを着ていた。ズボンはちんちくりんで、髪は七三、ダメ押しに眼鏡までかけている。ドンが正しいなら、やつはこれからデパートの靴下売り場の店員をカモろうとしているのだろう。この野郎が殺し屋を廃業しようと俺の知ったこっちゃないが、これだけは言っておこう。

「おい、このわらじむし、やっと自分ってもんを見つけたようだな」

俺たちがむかった先は、あの黄色っぽい異国だった。

今日も火炙りにされた家鴨たちが、まるで見せしめのように店先に吊されている。よほどのことだ。家鴨たちはいったいなにをやらかしたというのか？　もし家鴨を標的にするKKK団が存在するなら、この街こそが根城だ。草木も眠る丑三つ時に、三角のとんがり覆面頭巾をかぶった白装束の男たちが家鴨の家を蹴破るのだ。で、家鴨のお父ちゃんを引きずり出し、家鴨のお母ちゃんや子どもたちの見ている目の前で吊し上げる。

理由は家鴨のお父ちゃんが不用意にも人間の淑女《レディ》に見とれちまったせいだ。家鴨差別主義者の乗ってきた月毛の馬が、があがあ泣きわめく家鴨のお母ちゃんにこう言う。「無駄にはならないさ、マム、どうせ食われる身だしね」

ありえそうな話じゃないか！

それはそれとして、派手な赤い門をくぐったところで車を停めると、ラッキーボーイはまた〈油飯〉と〈聚寶宮〉のあいだの細い路地を入っていった。

この前は気づかなかったが、赤い門の屋根の両側には地獄の獅子がいた。まあ、犬かもしれないけど、そんなことはどうだっていい。なにが言いたいのかというと、俺は今回それくらい余裕があるってこと。だって、白いシボレーに乗ったイカレ野郎の噂はもう尾ひれがついて広まってるはずだからな。兎が乗ってる車には手を出すな、頭の皮を剝がされるぞ。

ラッキーボーイはすぐに路地から出てきた。小脇になにか抱えて。

「お待たせ」そう言って、やつはあのスポーツバッグを俺の足元においた。「さあ、今日という日はまだはじまったばかりだぞ」

俺たちは混みあう市街地をぬけ、街を横切り、二時間ばかり走ったところでハイウェイを降りた。

ラッキーボーイは運転しながらしゃべりどおしだった。本名はボビー・ヴォーンで、金はもう洗濯したこと（なんのことだかさっぱりだ）、はじめて人を殺したのは十四のときだったこと、車に乗っているときにマシンガンで撃たれてかすり傷ひとつ負わなかったこと、〝ラッキーボーイ〟というあだ名はそのときジョルジ・マンシーニに頂戴したのだということ。

「俺はジョー・クレイジーとおなじなのさ。知ってるかい？　伝説のギャング、ジョーイ・ガロのことさ。弾なんかあたるもんか。ボブ・ディランだってジョーイのことを歌ってるんだぜ」

「この青瓢簞《あおびょうたん》め」

「ああ、今日の俺、ちょっと変だろ？」

「おまえはいつだって変さ。求愛する雄鳥のほうがまだ節操があるぜ」

「こんな馬鹿丸出しのブレザーなんか着てるんだもんな。でも、しようがないんだ。シスターたちはこういう格好をしてると安心するのさ。これでもいちおう自分で会社をやってる若社長ってことになってるからね。金なんかありあまるほどあるってわけさ」スポーツバッグを顎で指す。「その金がなきゃシスターたちは困っちまうんだ。せっかくシスター・バージニアがつくったラズベリー・ハウスを閉めなきゃならなくなるのさ。ラズベリー・ハウスってのは孤児院で、俺みたいなやつがたくさんいるんだ。おっと、殺し屋って意味じゃないぜ。そんな落ちこぼれは俺だけさ。マンシーニさんにはすまないと思ってるけど、どうしてもこの金がいるんだ」

ゆったりしたジャズが田園風景といっしょにうしろへ流れてゆく。初秋の山々は期待に満ち、大地は隅々にまで午後の光が降りそそいでいた。農家の柵に年寄りの農夫が寄りかかって煙草を吸っている。柵のなかにはリコリスがたくさん咲いていた。

ラッキーボーイは車を寄せた。

「いい天気ですね」

農夫はうなずいた。「ああ、ええ天気だな」

「もしよかったら、その花をすこし摘んでもかまいませんか？」

「好きにすりゃええ」

俺たちは車を降りた。

やつが花を手折る傍らで、俺はすこしばかり新鮮な草をかじった。ぴょんぴょん飛び跳ね、きれいな空気を胸いっぱいに吸う。土は温かで、芳《かぐわ》しく、世界に悩みなどこれっぽっちもなかった。

「そいつは逃げないのかね？」農夫が訊いた。

「おい、サンパー」ラッキーボーイがこっちを見やる。「なぜ逃げないんだい？」

「それはな、この男やもめ」俺ははっきりと答えてやった。「てめえとマンシーニに引導を渡すためさ」

「こいつはシスター・バージニアの生まれ変わりなんです」ラッキーボーイは農夫に言った。「彼女が飼ってた兎とおなじ名前をこいつにもつけてやったんです」

「ほう、そりゃ感心だ」

「やい、ボビー、そういうことだったのか」

ラッキーボーイは俺の頭を撫で、どこまでも広がる青空を仰ぎ見た。リコリスの花が風にゆれていた。


ラズベリー・ハウスは墓地を見下ろす小高い丘の上で風に吹かれていた。白い壁、手入れのいきとどいた花壇、赤い屋根のてっぺんには風見鶏。

時間の流れはゆるやかで、だからこそもうとりかえしのつかないことになっているのに、だれひとり気づいていないみたいだった。殺し屋になるような落ちこぼれは自分だけだとラッキーボーイは言ったが、ここのガキどもだってなかなかどうして。猫を袋詰めにするくらいじゃ到底満足なんかしやしないだろう。

俺たちに群がる孤児たちの目はキラキラ輝いていた。ここでも俺は人気者だった。もし俺が人間だったら、なにがしかのことを成し遂げられただろう。大勢を幸せにするとか、大勢を不幸にするとか。ラッキーボーイもうれしそうだった。もしやつが兎なら、月の美しい夜にフクロウに食われているはずだ。

ラッキーボーイがシスターと呼ばれる人たちと家のなかへ入っていくや、さっそく俺をとりあって殴りあいの喧嘩がはじまった。ひとりの子が鼻血を噴くと、みんなが笑った。けっきょくアライグマのような乱暴者が勝利をおさめて俺を手に入れたのだが、ものの十五分で満足をとおり越して憎しみがつのってきたようだ。そいつは棒切れで俺をつっつき、俺が逃げだすと大声でわめいた。

「兎狩りだ！」

乱心したガキどもが雪崩れのように押し寄せてきた。どいつもこいつも歓声をあげ、棒切れをふりまわし、石を投げ、俺をはさみ撃ちにしようと躍起になった。兎を仕留めることに、なにか大きな意味があるのだ。人間は偉大な文明を築いたが、こじつけの天才でもある。まるで無関係な事柄をびっくりするような理屈で結びつけてしまう。ガキどもの目が言っている。この兎を捕まえることができたら、きっと素敵なパパとママができるぞ！

ひょっとすると俺の前世は、兎を捕まえて殺すことに無上のよろこびを感じていたような人間だったのかもしれない。で、ガキどもは俺に殺された兎たちなのだ。人間だったころの俺は、兎を捕まえることなんか夢のまた夢のうすのろだったはずだ。ガキどもは右往左往し、おたがいに衝突しては新しい喧嘩の種をこしらえ、やがて自分がなんのために走りまわっているのかさえ忘れてばらばらに散っていった。

同情せずにはいられない。サンパーは——つまりサンパー一号は、死ぬまでこんなところにとらわれていたのだ。賭けてもいいが、シスター・バージニアってのは動物相手に赤ちゃん言葉を使うような女にちがいない。すべてを信じ、受け入れるふりをして、そのじつなにひとつ受け入れたりしない類の人間。愛と罪悪感を使わせたら右に出る者はいない。臨機応変、自由自在だ。ちがうかい、一号？

俺は残念でならないのだ。あんなにやさしくて、兎の撫で方も心得ている男をこんなにも徹底的にぶっ壊しちまうなんて。愛の皮をかぶった邪《よこしま》なものは、そこかしこにいる。ちゃんと目を開けていれば、ボビー、おまえにだって見えたはずなのにな。

そのラッキーボーイが建物から出てくるのが見えて、俺は駆け寄っていった。ガキどもはもう兎なんか死のうが生きようがどうでもいいみたいだった。

ラッキーボーイは鼠色の服を着たシスターたちに何事か言い、墓地のほうへぶらぶら歩いていく。やつに追いつく前に、俺は窓辺の樽に跳び上がってなかをのぞいてみた。シスターがふたり、親指をなめなめ、スポーツバッグのなかの金をべらぼうな速さで数えていた。勝利するのはいつだってこういうやつらなのだ。最後には自分の思いどおりにしちまう。かないっこない。俺たちは追いつめられ、すこしずつ死んでいく。そして、とりもどせるところからとりもどそうとする。人を殺したり、兎を殺したり。

「おい、そこの肥《こえ》かつぎ」俺はラッキーボーイの背に声をかけた。「待てよ、ボビー」

ふりむいたやつの横顔には夕陽が映えていた。

「子どもたちと仲良くなったみたいだな、サンパー」

「その青い目は節穴だろ」

やつは俺を抱き上げ、俺たちは風の吹く丘をおりた。

シスター・バージニアの墓はちょうど墓地の真ん中あたりにあった。ぴかぴか光る白い石の墓標。ラッキーボーイは俺を草の上におろし、摘んできた花を供えた。それからひざまずき、目を閉じ、心ゆくまで故人との会話を楽しんだ。

「このジョニー様の計画をおまえに教えといてやるぜ」俺はひとりでしゃべった。「俺はな、ボビー、おまえとマンシーニの関係をちょいとばかりいじってやろうと思ってるのさ。おまえの顔はマンシーニとブルーノ・ラニエリしか知らないんだって？　おまえが便所にいってるときにマンシーニがそう言ってたぜ。だけど、俺はアーヴィン・バレンタインのところでおまえの写真を見つけた。これがなにを意味するかわかるかい？」

ラッキーボーイは祈りつづける。

「まあ、なにを意味したっていいさ。バレンタインのやつがどうやっておまえの写真を手に入れたか、なんで燃やそうとしたかなんて、兎の俺には永遠に謎だろうな。興味もねえや。大切なのはその写真を俺が持ってることを、おまえはもうすぐ知ることになるってことさ。俺に人間の言葉が話せりゃ、いますぐにでも大声で教えてやりたいくらいだぜ。そのときおまえはなにを思うんだろうな、え、ラッキーボーイ？　もしおまえがマンシーニを疑ってくれりゃ、しめたもんさ。逆上してあの野郎をぶっ殺してくれりゃ、俺としては万々歳だ」言いつのるほどに、体がかゆくなってくる。俺は腕や首をかきながら話を継いだ。「だけど心配すんな、だれもそこまでは期待しちゃいねぇからよ。切り札は二枚あるんだ。そうさ、その墓の下にいる女のためにおまえがマンシーニからちょろまかした金さ。俺はな、ボビー、洗濯する前のやつをマンシーニに見せようって肚さ。どうだい、いい計画だろ？　おまえが金に手をつけたと知ったら、マンシーニはどう出ると思う？　恨みっこなしだぜ、はははは！」

「俺はしょっちゅうあなたの金を盗んでました」

「ははは……」

「でも、あなたはわざと金を俺の手のとどくところにおいてたんでしょ？」ラッキーボーイは声に出して言った。「それがあなたのやり口だった。俺があの男を刺し殺したとき、あなたは笑ってましたね。きっと、俺のことをすっかり手に入れたと思ったんでしょ？」

「おい、ボビー、大丈夫かい？」

「俺はいさぎよく地獄へ堕ちますよ」目を開けたラッキーボーイは、すがすがしい顔で墓標に微笑んだ。「まあ、あなたのいる天国へいくつもりもないですがね」

前言を撤回させてもらおう。

これは愛の化けの皮がどうのこうのという問題じゃない。ぜんぜんちがう。ラッキーボーイはなにもかも納得ずくで借りをかえしにきただけなのだ。文句ひとつ言わずに。たとえシスター・バージニアの愛があくどい高利貸しなみに割高だとしても。

「帰ろう、サンパー。もうこんなところに用はないぜ」

ちくしょう、ほろりとさせやがって！

俺は誇らしかった。こんなに誇らしい気分は、ドン・コヴェーロに「おまえは俺の右腕」と言われたとき以来だ。なにか言いたいことはあるかい、シスター・バージニア？ラッキーボーイが俺にサンパー一号の名前をつけたのは、べつにあんたのことをめそめそ想ってたわけじゃないんだぜ。弱い自分をいつまでも忘れないためさ。

大きくて気高い夕陽を横に見ながら、俺たちは車へもどった。

ラッキーボーイ・ボビーが男なら、このジョニー・ラビットだって正真正銘の男だ。悲しいのは、俺たちの道はけっして相容れないってこと。だけど、それも仕方がない。どうあってもケジメだけはつけなきゃならない。男とはそうしたものだ。

その夜、俺はまたぞろラッキーボーイの寝顔を見にいった。やつは相変わらずベッドに丸まり、親指をチュッチュッ吸っていた。

ここで厄介になっていた数日間、こいつが四時間以上眠るのを見たことがない。どんなに夜が遅くても、夜明け前にはかならずベッドをぬけ出す。酒も飲まなけりゃ、煙草もやらない。俺がやってきたせいで変化があったとすれば、兎の世話というひと仕事が増えたくらいのものだ。

「その変な寝相もだんだん愛しかけてたんだがな」

寝息は静かだった。

音がしないようにベッドから跳び下り、居間へいく。窓からは大きな月が見えた。兎の寝床からアーヴィン・バレンタインのカードとラッキーボーイの写真をひっぱり出す。床の上にはビニール袋。

あの〝フランダースの巨人〟こと〝玉なし〟・ディーディーが開腹手術をしたとき、呑みこんだボタンやビニールラップは消化されずに出てきた。だから、俺もビニール袋からいった。あとから呑むものを胃液から守る役目を期待して。口に入れ、うんざりするくらいもぐもぐやっても、文字どおりちっとも歯がたたない。

よし、いいぞ。

ビニール袋をすっかり呑みこんでから、バレンタインの写真入りカードにとりかかる。名前や顔のところはなるたけ欠けないように大きくかじりとり、死ぬ思いで胃袋にたたき落としていった。カードはビニール袋とちがって材質が硬い。最初の二口くらいで喉が破れて血を吐いた。なんとか完食したときには恐ろしい腹痛に襲われていた。目はくらみ、立っていられない。猛烈に腹がたってくる。自分が死んだあとも世界はつづいていくことがひどく理不尽に思えた。寝室にとってかえしてラッキーボーイのくそ野郎に一発食らわせたい。ジョルジ・マンシーニなんか、もうどうでもいいじゃないか！

「くそ……」

歯を食いしばって耐えた。このまま犬死するか、マフィオーソとして往生するか、ふたつにひとつだ。ラッキーボーイをぶん殴ってやれないぶん、やつの写真に怒りをぶつけるしかなかった。丸めて口に放りこみ、目を閉じてごくんと呑む。激しい吐き気がきたが、のたうちまわっているうちに今度は大量に血を吐いてしまった。

写真は呑んでも呑んでも口のなかにもどってきた。俺は全身全霊をかたむけて戦った。人間には風車と戦った大馬鹿者がいるというが、まさにそんな絶望的な戦いだった。呑んでは吐き、吐いてはまた呑む。どうしてこんなひどい罰を受けているのか、ぜんぜん理解できなかった。おなじ疑問が頭のなかで点滅している。もし今日にかぎってラッキーボーイの野郎が寝坊をしたら？　もし今日がドクター・ガードナーの休診日だったら？　どうして俺は野原を跳ねる幸せな兎じゃないのか？　幸せってなんなんだ？

そのあとのことは、あまり憶えてない。

ちくしょう、このジョニー様をこんな目に遭わせやがって。薄れていく意識のなかで、俺は後悔しまくっていた。あの世へいったら真っ先にてめえをぶっ飛ばしてやるぜ、カエターノ・コヴェーロ！

7

ゆるやかな坂道、咲き乱れるリコリス、十字架に降る九月の雨、草原を渡る雲の影、ソフィアからの便りは風のなか。意識がゆっくり浮上してくると、ぼんやり聞こえていた鳴き声がだんだんはっきりしてくる。すると、今度はその鳴き声にひっぱられて意識がぐんぐんもどってくるのだった。春の遠雷、銃声をかき消すとおり雨、天空へのぼってゆく大きなムカデ、後悔まじりの血、昼下がりのカンツォーネ、夜の交差点に倒れた人影――

となりの檻の犬が引きずり出され、やがてぐったりしてもどってきた。悲しい目をしていた。野性をぬきとられ、アルコールで消毒されてしまったのだ。そんな生き物を見るのはつらかった。いったい人間にどんな特別な権利があるというのか？

まばたきひとつで犬はいなくなる。かわりにそこには猫がいて、俺を捕ろうと前足をのばしていた。いつまでも鳴りやまない鳴き声や罵声、狂った歌声が腹にずっしりとこたえる。俺はおっかなびっくり股間に手を持っていった。

ああ、この世界はなんてすばらしいんだろう！

あるべきものが、あるべき姿で、ちゃんとあるべき場所にある。それだけで十分じゃないか。もうなにもいらない。いますぐ死んだっていいくらいだ。腹に手を這わせる。毛は剃られ、肉が醜く盛り上がっていた。かまうもんか。毛が生えてくれば、どうせ傷口なんか隠れちまうんだ。勝利を嚙みしめながら、もう一度股間に触れる。四方八方で鳴り響いている犬や猫たちの叫び声が天使のラッパのように聞こえた。

すっかり満ち足りた気分で目を閉じかけたとき、横から声がかかった。

「気分はどうだい、うさちゃん？」

「手術のついでに金玉までとられやしないかと冷や冷やしたぜ、この野郎」

「これからは変なものを食べちゃだめだよ」ドクター・ガードナーは檻を開け、俺の腹になにか塗った。「ご主人様がすごく心配してたんだからね」

俺は目を閉じた。

ご主人様か……だれがご主人様か、これからたっぷり思い知らせてやるぜ。

月の縮み具合からして、俺が退院したのはそれから三、四日後だった。

ラッキーボーイのアパートへ帰ってみて、すぐにいくつかの変化に気がついた。まず、やつは俺のいないあいだに拳銃を使ったようだ。七挺のうちの一挺から新しい硝煙のにおいがしていた。発射された弾丸の行先がジョルジ・マンシーニの頭のなかなら言うことなしだが、それは期待薄だろう。というのも、部屋にはマンシーニが俺に贈ったという見舞いの花束があったからだ。ラッキーボーイからそう聞かされるや、俺はその花束をめちゃくちゃに蹴散らしてやった。そんな俺を見て、ラッキーボーイはうれしそうだった。

つぎに、やつは新しい部屋を二カ所に借りた。ひとつは街の反対にあって、もうひとつはあの家鴨の鬼門だ。ラッキーボーイはどっちの部屋にも拳銃をどっさり隠した。やつの心の声がはっきり聞こえる。俺の胃袋のなかのものを見て、こう思ったはずだ。どうしてサンパーの腹のなかに俺の写真が？　それに、どうしてアーヴィン・バレンタインのカードもいっしょにあったんだろう？　バレンタインはサンパーの飼い主だった。だとすれば、サンパーはやつの家にいたときにいろいろ呑みこんだことになる。つまり、バレンタインが俺の写真を持っていたということか？　でも、俺の顔はマンシーニさんとブルーノ・ラニエリしか知らないはずだぞ。事実を突き止めるまでは下手に動けないが、これは用心に越したことはないぞ。

最後に、ラッキーボーイの俺への、このジョニー・ラビットへの愛が崇拝のようなものに変わった。

「なあ、サンパー、もしかしておまえって神様の遣いなのかい？」やつは愛情たっぷりに俺を撫でながら言ったものだ。「シスター・バージニアが俺を護るようにって、おまえを送ってよこしたのかい？」

「あふぅ……おお！」俺はあらゆる意味でやつにすり寄る。「そこだ、ちくしょう、もうどうにでもしてくれ！」

「どうやらこの世で信じられるのはおまえだけみたいだな、サンパー」

「マンシーニの野郎をぶっ殺せ！」

「いずれこうなることは、わかってたんだがな」

「……」

「マンシーニさんにはほんとによくしてもらったんだ」

「おい、ボビー、もしかして俺の言葉がわかるのか？」

ラッキーボーイは屁をこき、爪で歯のあいだをほじくってシーシー言った。

俺はやつにキックを食らわせた。くそ、どうかしてるぜ、ジョニー。人間が兎の言葉なんてわかるもんか。どうやら俺は自分が思う以上に、こいつに深入りしすぎたようだぞ。

「痛くしたかい、サンパー？」急につむじを曲げた俺に、ラッキーボーイは明らかに戸惑っていた。「ごめんよ」

「おまえも男ならもう俺を撫でるんじゃゃねぇ」俺は言ってやった。「しょせん俺とおまえは敵同士なんだからよ」


チャンスが訪れる前に歳をとって死んでしまうんじゃないかと思った。

三カ所のアパートを転々と渡り歩くようになったほかは、まるでなにも起こらなかったみたいだ。笛吹けどおどらず。死ぬ思いで馬鹿のふりまでしたのに。

日々はすぎていった。季節はうつろい、秋にまつわる諸々が陽射しのなかに漂っていた。腹の傷はふさがったし、毛も生えそろった。家鴨の鬼門にある部屋の窓からは、黄色の花を降らせる金木犀の木が見えた。

ラッキーボーイは坦々と朝の日課をこなし、午後は俺との散歩を楽しんだ。俺は俺で、自分の言ったこともすっかり忘れ、しょっちゅうやつの膝によじのぼっては撫でてもらった。季節とともになにかがすぎ去ってしまったような感覚が、そこにはたしかにあった。

永遠に変わらないものなど、なにもないのだ。誓いはやがて願望に薄まり、ついには夢にまで成り果てる。憎しみはすこしずつ分解され、良心のうずき程度に小さくなり、ただの教訓になってしまう。幸せなことだ。ジョルジ・マンシーニが余生をテニス三昧ですごしたいというのなら、それもまた人生じゃないか。

そんなことを真剣に思いはじめた矢先だった。

「いえ、用心のためです」居間に入ってきたラッキーボーイが携帯電話に言った。「どう考えても腑に落ちないんです」

耳が勝手に反応した。

「でも、サンパーの腹から出てきた写真は盗み撮りしたものなんですよ」

「――」

「はい、そう思っています」

「――」

「マンシーニさんが俺の写真をアーヴィン・バレンタインに渡す理由がない以上、考えられる可能性はいくつもないからです」

「――」

「俺もそのほうがいいと思ってます」

「――」

「もし俺が確信したら?」俺と目があうと、ラッキーボーイはまるでうしろめたいことでもあるかのように背をむけてしまった。「そのときはやつを始末してもいいんですか？」

「――」

「わかりました。連絡を待ちます」

電話を切ると、ラッキーボーイはすぐに拳銃の手入れにかかった。やつの顔つきから、なにかが動きだしたことを俺は確信した。

あとは、ひたすら待った。

電話の呼出音が俺の眠りを乱したのは、陽もすっかり落ちてからだった。

俺たちは漆黒の荒野をいった。

ヘッドライトに浮かびあがるセンターラインを、シボレーのタイヤが時速五十五マイルで巻きとっていく。ラッキーボーイはひと言も口をきかなかった。俺も口をつぐんでいた。ジャズさえ鳴ってない。エンジンの咆哮だけだった。

砂漠に散らばったヤマヨモギの藪が、まるで隕石群のように飛び去る。ガラガラ蛇を轢き殺したとき、遠くでコヨーテの笑い声が聞こえた。

車は走り、やがて周囲になにもないガソリンスタンドに入った。ここを逃せば、つぎの給油所までたっぷり三百キロはありそうな場所だ。〈COFFEE & SNACKS〉の黄色いネオン管が売店の窓でぼんやり光っていた。

おしるし程度にガソリンを入れてから、ラッキーボーイは俺を抱いて売店に入った。ドアを開けたとき、なんともいやなにおいが鼻先をかすめ、ブルーノ・ラニエリの顔が頭に浮かんだ。

店内を冷やかしながら、ラッキーボーイは注意深くカウンターのなかの黒人を観察した。心臓の鼓動がすこし乱れている。懐には拳銃のふくらみがあったが、それを使うつもりでここへきたんじゃない。ラッキーボーイは呼吸をするように引金を引く。殺しくらいであたふたするような青二才じゃない。黒人は髭面で、右の目蓋に小さな傷跡があった。

「見えるかい、サンパー？」と、ラッキーボーイが小声で話しかけてくる。「あの男に見覚えはないかい？」

それから缶コーラとスナック菓子をみつくろってカウンターに持っていった。

「こんばんは」

丸太のような腕を組んだまま、髭面の黒人は無言でうなずいた。

「あんた、ひょっとしてボクサーかい？」

俺は見逃さなかった。髭面の目にぬきさしならない光がよぎるのを。

「いやね、ボクサーを何人か知っててね」ラッキーボーイが言った。「みんなあんたみたいなごっつい手をしてるもんでさ」

髭面はゆっくりとレジを打った。とても苦労して、わざとそうしているみたいだった。そうやってレジを打ち、値段を告げるついでを装ってぶっきらぼうに言った。「むかし鉱山で働いてたんだ」

「なるほどね」

「ほかには？」

「そうねぇ、あっ、ひょっとしてラニエリさんを知らない？」

「いや」目を伏せ、品物を袋に入れる。「そんな男は知らんね」

「嘘だ、ボビー」俺は教えてやった。「この店にはブルーノのにおいが残ってるぜ」

「ここ、あんたの店なの？」

「夜だけのアルバイトだ」

「へぇえ、時給ってどれくらい？」

「働きたいのか？」

「かもね。でも、どうかな。まわりになにもないから、夜はちょっと怖いかもね」

髭面が肩をすくめた。俺たちは金を払っておとなしく店を出た。

「あいつ、嘘をついてるぜ」ラッキーボーイが言った。「俺はブルーノが男だとは言わなかった」

「今夜はぴりっとしてるじゃないか、ボビー」

俺たちは車に乗りこみ、すこし走ってから道路脇に停めた。

「ちょっと待っててくれよ、サンパー」

そう言い残して車を出たラッキーボーイは、それから三十分ばかりもどってこなかった。

俺は思い出せずにいた。あの髭面をどこかで知っているような気がしてならない。ブルーノ・ラニエリの知りあいなら、ろくなもんであるはずがない。それなら、この俺だって知っている可能性はある。なのに髭面のほうはブルーノなんて知らないとしゃあしゃあと嘘をこく。ラッキーボーイはなにかをたしかめるためにここへきた。十中八九、自分の写真についてのなにかを。そして、この場所を教えたのはジョルジ・マンシーニ。

俺は考えをめぐらせ、髭面の特徴をいちいち検証していった。そして、ひとつの顔と結びついた。

記憶が過去へ飛ぶ。

帳簿係のジミー・サーゾがドン・コヴェーロに殺された夜だ。俺はドンの膝の上にいる。やかましい音楽が鳴っていて、女たちの香水がむんむんしている。シャンデリアのまばゆい光のなかで、男たちはみんな興奮している。ひとりの黒人がついに夢をつかんだからだ。タキシードにカクテルグラス。黒人はその夜、世界でいちばん強い男になった。

最初はぜんぜん意味がわからなかった。右目の上に傷があって、ボクサーのような手をした黒人。ブルーノ・ラニエリが知っているようなやつ――そんな男は俺の知るかぎり、ハリケーン・ロニーだけだった。

ラッキーボーイは携帯電話をかけながら車にもどってきた。

「わかりました。いつもの場所で四十分後に」

俺たちはしばらく州間道路を走り、標識もなにもないところでいきなり折れ、あとは砂漠をどこまでもいった。

車体はヤマヨモギを轢き、石を踏み、窪みにはまっては何度も大きくバウンドした。俺は助手席で七転八倒した。

やがて、前触れもなく停まった。

エンジンの火が落ちたとたん、静寂がどっと押し寄せてきた。とくれば、人間ってやつはなにか余計なことを言わずにいられない。星や、幼い日の記憶や、この国の未来などについて。沈黙が恐ろしくてたまらないのだ。

「さっきの黒人は無関係さ」殺し屋だって例外じゃない。「やつが電話でもかけやしないかと思って見張ってみたけど、無駄骨だったよ。ブルーノの個人的な知りあいなのかもな。いきなりマフィアの友達のことを尋ねられたら、だれだって警戒しちゃうよな」

「あの男はハリケーン・ロニーだぞ。ムショに入ってると思ってたがな」

「俺の考えを言ってやろうか、サンパー。アーヴィン・バレンタインに入れ知恵したのはブルーノのやつさ。俺の写真をバレンタインに渡したのはやつだ。なぜかって？　それはブルーノも金が欲しかったからさ。だけど下手なことをすれば、このラッキーボーイに消される。こないだのブルーノ、おまえも見ただろ？　ほら、俺がトイレにいってるときにおまえが暴れたあのレストランでさ。ブルーノめ、二言目には金、金だ。だからやつは俺の写真をバレンタインにやったんだ。こいつには気をつけろってわけさ。あとで山分けにでもするつもりだったんだろうよ」ラッキーボーイはさも愉快そうに先をつづけた。「ところが残念でした。あの金を狙ってたのは俺もおなじさ。で、俺のほうが一枚上手《うわて》だったわけだ」

「よく今日まで殺されずにきたもんだぜ」ひどく車にゆられたせいで、俺は胃がムカムカしていた。「この洟垂れめ」

「そう思うかい、サンパー？　俺を誇りに思ってくれるのかい？」

「おまえは大馬鹿だ」

俺とラッキーボーイのささやかな雑談はそこまでだった。

近づいてくるヘッドライトに俺は目を細めた。

すぐに黒い車が横につけてきた。二台の車はおたがいの車首を交差させ、ちょうど運転席をくっつけあうようなかっこうになった。ラッキーボーイとジョルジ・マンシーニは運転席におさまったまま、窓を下げて言葉を交わした。

ラッキーボーイがくっちゃべったことは、たったいま俺に言ったことと基本的におなじだった。ちがう点があるとすれば、ブルーノ・ラニエリを始末する必要性を何度も強調していたこと。

マンシーニは冷静だった。相槌を打ちつつも、慎重な姿勢をくずすことはなかった。

俺は行動に出ることにした。なんの展望もなかったが、いましかない。シクラメン通りではもうソフィアの子どもが生まれるころだ。テリーとソフィアの子どもたち。俺なら、このジョニー・ラビットなら、いいおじさんになれるだろう。話してやりたいことだってたっぷりある。シクラメンが咲くころには子どもたちをみんなあつめて、ジョニーおじさんが語ってやろう。そう、大きな樹の下で。愛や、信念や、いちかばちか前に進むことについて。

こっそり後部席へ這っていくと、俺は洗濯する前にぬきとったあの金を口のなかに押しこみ、原形をある程度とどめるくらいに咀嚼《そしゃく》した。つぎになにが起こるかはちゃんと心得ていた。体はすぐに金の油っぽいにおいに反応した。車酔いと相まって、胃液が逆流をはじめる。

助手席にもどると、俺は運転席のラッキーボーイを踏み台にしてマンシーニの車へダイビングした。まだ空中にいるのに、口からはもう半分消化したラビットフードがあふれ出していた。あとは推して知るべしだ。マンシーニの膝に落ちた俺は嘔吐物の小型爆弾だった。やつのスカしたスーツに吐きまくってやった。いつもは冷静なマンシーニが色をなして怒鳴り、蒼ざめたラッキーボーイが車から飛び出した。

「これがジョニー・ラビット流だぜ！」ゲロまみれの金の出処に気づくもよし、ゲロ自体を恨むもよしだ。「覚悟しろよ、てめえら。このジョニー様がゲームを支配してやる！」

8

ジョルジ・マンシーニはぐずぐずしなかった。

午後の散歩から帰ってきた俺たちはすぐ異変に気がついた。ラッキーボーイにとっての異変とはドアのテープが破れていたことで、俺にとってのそれはブルーノ・ラニエリのにおいだった。マンシーニの車をゲロまみれにしてから、まだ三日と経ってなかった。ラッキーボーイは俺を見下ろし、唇に人差し指をあてた。言われるまでもない。俺たちはまるで霧のように廊下を引きかえし、階段を下り、車に乗りこんだ。

「前にもこういうことはあったんだ。どうしたらいいかはとっくに学習済みさ」

ラッキーボーイはグラヴコンパートメントから小さな機械をとり出した。なにかいじると、その機械に緑色のランプがともった。

「ちょっと大きな音がするからな、サンパー」

言うなり、機械のボタンをカチッと押す。

俺たちの真上で爆発音が轟き、火だるまの男が窓を突き破って降ってきた。通行人が悲鳴をあげ、車が何台か衝突し、そこかしこでクラクションが炸裂した。混乱は混乱を呼ぶのだ。

さあ、ゲーム開始だ。

俺は生まれてはじめて狩る側のよろこびを知った。道理でガストンたちが理由もないのにボボたちを殺していたわけだ。景気がいいじゃないか。胸のすく想いとは、まさにこのことだ。

「やっぱりな」家鴨のようにこんがり焼けていくその男に目を残したまま、ラッキーボーイはエンジンをかけた。「サンパー、マッシーモに挨拶しな」

「だれなんだい？」

「てめえがそうくるなら、こっちだって黙っちゃいないぜ、ブルーノ」

ラッキーボーイは昏《くら》い目でしっかりと未来を見すえ、静かにその場をあとにした。

俺はリアウィンドウをふりかえった。窓から火を噴くラッキーボーイの部屋が見えたのは一瞬だけで、車はすぐに交差点を曲がってしまった。

楽しい時間は矢の如しだ。


俺たちはすぐに新しい隠れ家にむかうほどの馬鹿じゃない。

車で街中をでたらめに走りまわりながら、ラッキーボーイはいくつか電話をかけた。尾《つ》けられてないことをしつこいほどたしかめ、何カ所かに立ち寄り、そのたびになにかガラクタを仕入れてきた。

俺はといえば、助手席ですっかりくつろいでいた。動物たちが巻きこまれないかぎり、人間同士が殺しあうのはいつだって気分のいいものだ。大歓迎だ。たとえ再会の樹が爆発しても死ぬのが人間だけだとしたら、どんなにかすばらしいだろう。もしそんな夢みたいなことが現実になったら……考えただけで、うっとりしちまう。そうなったらサバトの黒兎はもっとも小さな犠牲で、もっとも偉大なことを成し遂げた兎たちってことになる。そのために死んでいった兄弟たちだって、いっぱしの烈士だ。その名は世界中の兎の胸に刻まれ、歌に歌われ、永遠に語り継がれることだろう。

そんなわけで、ラッキーボーイがなにやらこしらえているあいだじゅう、俺はひさしぶりに満ち足りた気分で惰眠を貪ることができた。夢のなかで兄弟たちは人間の屍の上に立ち、自由と平等と博愛の三色旗をふりまわしていた。気高く、けっしてくじけない心で。

目を覚ましたのは黄昏で、街は黄金色に光り輝いていた。

「よく眠れたかい、サンパー？」

俺は窓の外を見た。

どこかごみごみした場所で、たぶん下町ってやつだろう。道端で野球をしている子どもたちに、太った女が大声でなにかわめいていた。この国の言葉じゃないけど、どこの言葉かはすぐにわかった。

ボンジョールノ！

あたりにふんわり漂っている懐かしいオレガノの香りも、この場所がイタリアであることを証明している。人を痛めつける以外で〝伊達男〟・トニーになにかとりえがあるとしたら、それは料理の腕前だった。そのトニーがいつか言っていた。「オレガノやセージをちゃんと使えるやつは、どんなやつでも男前さ」船でいくイタリアじゃなく、きっと車でいけるイタリアもあるのだ。

「あの店が見えるかい？　やつらの言葉で言えばリストランテってやつさ」

ラッキーボーイの指さすほうを見やると、落ち着いた雰囲気のイタリアン・レストランがあった。

「ブルーノがまかされている店さ」

「どうしようってんだい、ボビー？」

「おまえが寝てるときにマンシーニさんに電話したんだ。今回のことはみんなブルーノが勝手にやったことさ」

「そんな戯言を信じたんじゃないだろうな」

「ブルーノとはいずれこうなるとは思ってたよ。口ではだめだと言ってたけど、マンシーニさんだってわかってくれるさ。やられっぱなしってわけにはいかないもんな」

「そうとも。この商売、帳尻だけはちゃんとあわせないとな」

「あの店をぶっ飛ばしてやりゃ、ブルーノのやつもすこしは目が覚めるだろうぜ。こいつが爆発すりゃ」そう言って、肩越しに後部席を指す。「建物の半分は吹き飛んじまうだろうな」

見ると、黒い鞄がひとつおいてあった。「爆弾をつくったのかい？」

「もうちょっとつきあってくれよな、サンパー」

「でも、なにを待ってるんだい？　ちょうど晩飯の時間じゃないか。いまなら血の雨を降らせられるのに」俺は足をトントンさせていた。「そこいらのガキに駄賃でもやってさ、その鞄を店に持っていかせなよ。で、ガキごとドカン！　簡単で安全さ」

「野球かぁ」ラッキーボーイは通りで遊んでいる子どもたちに目をやった。「ラズベリー・ハウスにいたころはよくやったなぁ」

「おいおい、まさか子どもは巻きこみたくないとか仏心出してんじゃないだろうな？　あのとき墓の前で言ってたな、いさぎよく地獄へ堕ちるって。いまさらガキをひとりくらいたすけたからって、おまえの地獄往きはもう悪魔たちの満場一致で決定済みなんだぜ」

「スティーヴン・ロンソンってやつがいたんだけど、それはそれは速い球を投げたもんさ。六年生のときに九年生のだれひとり打てなかったもんな。バットにかすりもしないんだぜ。ラズベリー・ハウスから有名人が出るとしたら、それは二十勝投手になったスティーヴンだったはずさ」

「てめえらだって仔牛だの仔羊だの食うじゃねぇか。トニー・ヴェローゾはよく仔牛のスカロッピーニをつくってたぜ」

「ごめんよ、サンパー、腹が減ったよな？」

「人間のガキが仔牛よりえらいってのかよ？」俺はラッキーボーイを蹴った。「虫酸が走るぜ。ガキを殺される悲しみってのは人間も牛もちがいなんかねぇんだぞ」

「スティーヴンは野球選手になれなかったんだ」やつは俺の頭を撫でた。「ハイスクールのときにドラッグで死んじまったのさ」

「ざまあみろとしか言ってやりようがねぇぜ」

「スティーヴンにヘロインを売ってたのはカエターノ・コヴェーロの組さ」

「……」

「まだほんの子どもだったのになあ」

俺たちは待ちつづけた。

通りから人気《ひとけ》がなくなったころ、レストランから男が出てきて煙草を吸った。ラッキーボーイはブルーノ・ラニエリに渡してほしいとそいつに鞄をあずけた。

かすかな爆発音が聞こえたとき、イタリアはもうはるか彼方だった。

9

ふりかえれば、物事のはじまりはすぐそこにある。背中にぴったりくっついているわけじゃないが、ちょいと手をのばしさえすれば、いまでもちゃんと触れることができる。ラッキーボーイ・ボビーがドン・コヴェーロの指を一本ずつ切りとり、脳天に風穴を開けた日。そして、物事の終わりはすぐ目の前にある。それはもう、鼻にくっつきそうなほどだ。

どうにも奇妙じゃないか。はじまりと終わりのあいだにあったはずのものが、にわかに色褪せてゆく。思い出そうとしても、上手くいかない。それこそがいちばん大切なことなのに。

兎の身にたくさんのことが起こったのだ。本当にたくさんのことが。テリーが死に、兄弟たちがたくさん死んだ。なのに、もやもやしたトンネルをぬければ、そこはラッキーボーイの膝の上。たとえば、そう、迷子になったことに気づき、つぎに憶えてることといったらもう迷子じゃないってこと。さまよっていたあいだのいろんな出来事は、どうやっても思い出せやしない。すっぽりぬけ落ちている。そういうもんだろ？　家路を見つけたことにくらべれば、すべてがささいなことなのだ。不安や恐怖や怒りでさえ、いつの間にか達成感やよろこびにすりかわっている。

そういう感覚さ。雲隠れしたジョルジ・マンシーニに逮捕状が出され、いまやギルバート・ロス上院議員にも火の粉が降りかかっていると知ったときに俺が感じたのは。

「なんてこった」テレビの前のラッキーボーイはおなじことを何度もつぶやいた。「ああ、なんてこった」

「ほんとにわからないのかい？　どこまでもおめでたい野郎だぜ」

「どうなってるんだ？」

「やつらはすぐここにもやってくるぜ」

俺はラッキーボーイの膝から跳び下り、部屋という部屋を全部見てまわった。どの部屋にもいやな静けさがわだかまっていた。窓の外の陽光がどうやっても入ってこれないほど、部屋たちは頑《かたく》なだった。部屋たちは知っているのだ。このアパートにだけないしょで、世界がなにかたくらんでいることを。

居間にもどってくると、ラッキーボーイは電話をかけていた。

「でも、いまどこにいるんです?」

「――」

「ええ、そのつもりです」

「――」

「そうなると……あっ、ちょっと待ってください」リモコンでテレビのボリュームをあげる。「またニュースでやってます」

画面には女のリポーターが映っていた。大きな建物の前廊《ポルチコ》がそのうしろに見える。

「正直、兎一匹、ここまでやれるとは思ってなかったぜ」テレビに見入っているラッキーボーイに俺は語りかけた。「こうなったら、おまえだって無事じゃいられない。いますぐ街を出ることさ。それしかない。他人の心配をしてる場合じゃないんだぞ、ボビー」

「マスコミのほうにはなにか圧力がかかってるのかもしれませんね」テレビを消してか

ら、ラッキーボーイは携帯電話を持ちなおした。「ロス上院議員はどうです？」

「――」

「アーヴィン・バレンタインはあのテープを持ってなかったんです。それはまちがいありません」

「――」

「裏切者ってことですか？」

「逃げるが勝ちだぜ、ボビー。その裏切者はな、おまえの顔を知ってるんだぜ。言葉が通じなくて残念だよ。このジョニー様の名推理を聞かせてやれたのにな。まあ、いいさ。ジョニーおじさんの帰りを待ってる子どもたちにでも……」

耳が反射的にドアをむき、俺は口をつぐんだ。

ラッキーボーイはまだ電話にかじりついている。

ドアの外の息遣いと足音を数えると、一、二、三……すくなくとも五人はいる。ついに終わりってやつが銅鑼《どら》を打ち鳴らしてやってきたのだ。

「きたぞ、ボビー！」

「……ちょっと待ってください」ラッキーボーイが顔から携帯電話を離す。「どうしたんだい、サンパー？」

「死ぬときは勝手に死ね！」俺はちっちゃな花火のように部屋中を跳ねまわった。「絶対に俺を巻き添えにすんなよ！」

ラッキーボーイの手から携帯電話がすべり落ち、その目がさっとドアに飛ぶ。身をひるがえして窓にすがりつくや、くそ、と吐きすてて腰に差した拳銃をぬいた。ソファの下からも一挺。観葉植物を蹴り倒すと、鉄の玉が三個ばかりころがり出た。

「こい、サンパー！」

「冗談じゃねぇや！」

が、ドアの外の気配から逃げようと思えば、どうしたってラッキーボーイのほうへ跳ぶしかない。やつは俺を押さえつけ、しっかりと懐に抱いた。

「こら、暴れるな！」

「放しやがれ！」

ラッキーボーイは俺を窓から放り出した。

四階の高さだ。真っ逆さまに墜落して一巻の終わりかと思いきや、外階段のステップに落ちただけだった。このまま逃げてやろうと思ったが、足がすくんで動けない。ステップの鉄格子のあいだからは地面が見えた。気が遠くなる。自分でもあきれるほど、俺はちっぽけな兎だった。

ドアが蹴破られる音につづき、派手な爆発音があがった。と、思う間もなくラッキーボーイが外階段に飛び出してきて、さっきの鉄の玉を部屋のなかへ投げつけた。

また爆発。

「いくぞ、サンパー！」

「ひとりで勝手にいきやがれ！」

抱き上げられた俺の体は、二発のでかい音のせいですっかり固まっていた。火花を散らす手すりが目の端をかすめる。風を切るような鋭い音がいくつもこっちに迫ってくる。だれかが俺たちを殺そうとしているのだ。

ラッキーボーイはとなりのビルにむかって何発かぶっ放し、ジグザグになっている外階段を駆け下りた。鉄のステップをたたく足音に、応射してくる弾丸がそこらじゅうからびゅんびゅん飛んできた。

二階のステップに下り立ったとき、体をぐいっと押されたような気がした。ラッキーボーイは頭がおかしくなったみたいに乱射していた。弾が切れると銃を投げすて、窓ガラスを破って部屋に飛びこんだ。俺はガラスの散乱する床の上に投げ出された。

住人はちょうど昼食のテーブルを囲んでいた。四人。両親と、ちっちゃな女の子がふたり。時間が止まってしまったみたいにこっちを見ている。

「こい！」

ラッキーボーイは女の子のひとりを捕まえ、泣きわめくのもおかまいなしに窓辺まで引きずっていった。両親は動けずにいた。ふたりとも表情がない。なにが起こっているのか、まだわかってないのだ。それがわかっているのは、このジョニー・ラビットだけだった。

「このラッキーボーイがおまえらの弾なんか食らうもんか！」女の子の体を楯にし、外にむけて二発撃つ。ふりかえって叫ぶ。「大丈夫か、サンパー⁉」

「ちくしょう、てめえ、ぶっ殺してやる……」

「サンパー？」

どうやら〝ラッキーボーイ〟ってあだ名は伊達じゃなさそうだ。

「ああ、サンパー！」

弾は俺に、このジョニー・ラビットに命中していたのだから。

血がひどく出ていた。

よくないことだ。血が出るのはいつだってよくないのだ。兎の俺にわかるのはそれだけだが、不思議でならないのは俺を抱いていたラッキーボーイが無傷だということ。だとしたら、俺の太腿を貫通した弾丸はいったいどこへ消えちまったんだ？

そんなことはラッキーボーイをすこしも悩ませなかった。やつはやるべきことをやった。早口で外国の言葉をまくしたてる両親をガムテープで縛りあげ、ドアの前にころがした。こうしておけば、敵はおいそれとはドアを破れない。ここが肝心なのだ。ただの推量が俺のなかで確信に変わった。ラッキーボーイは敵の姿を見た。それは人質を楯にすれば手出しをしてこない連中なのだ。

ふたりの娘たちは両親にぴったりくっついて泣いていた。大きいほうは黒髪で、小さいほうはブロンド、ふたりとも母親似のかわい子ちゃんだ。父親はハゲた頭にちっちゃな頭蓋帽《スカルキャップ》をかぶっていた。

「サンパー」俺を撫でる手がふるえている。「大丈夫、たいしたことないぞ。すぐにドクター・ガードナーのところに連れてってやるからな」

「どうして警察に居場所がバレたと思う?」

「鳴くな、サンパー。休んでろ」

「俺はテリーが持ってたテープをおまえに残してやるつもりだった」ちくしょう、傷口が火を噴いてるみたいだ。「おまえがそれをどうするかはわからんがね。だけど、もう終わったな。けっきょく俺たちの思いどおりになることなんて、なにひとつなかったんだ」

「シー、たのむから鳴かないでくれ」

「てめえこそ黙って話を聞きやがれってんだ……たぶん、復讐ってやつには寿命があるんだ。一生つづく復讐もあれば、復讐の途中でくたばっちまう復讐もある。俺の復讐はな、ボビー、おまえの孤児院にいったときにはもう虫の息だったのさ。そのことがいまやっとわかったぜ。くそ、あのときさっさと手を引いとけばよかったんだ」

人の気配に、俺とラッキーボーイは同時に目をむけた。ブロンドのほうの女の子が俺をのぞきこんでいた。

「うさちゃん、死んじゃうの？」

「このジョニー様がこれしきのことで死んでたまるか」

「大丈夫さ、お嬢ちゃん」ラッキーボーイはその子に微笑みかけた。「うさちゃんも、きみたちも、だれも死にはしないよ」

「ほんと？　パパもママもお姉ちゃんも？」

「だから、おとなしくしててくれるかい？」

「洗面所に包帯があるよ」

電話が鳴りだしたのは、そのときだった。全員が固唾《かたず》を呑んだ。ラッキーボーイは鳴りやまない電話をにらみ、それから女の子に言った。

「こうしよう……えっと、お名前は？」

「クレアよ」

「よし、クレア、包帯をとってきてうさちゃんに巻いてあげられるかい？」

「あたし、上手だよ！」

元気よく駆けていくクレアを見送りながら、ラッキーボーイは受話器をつかんだ。ためらいがちに耳にあてがう。やつの見開かれた目を見て、電話のむこうにいる人間の見当がついた。

「なんでだ？　どうなってやがる？」

そう言ったきり、ラッキーボーイはかなり長いあいだ相手の話に耳をかたむけていた。

「つまり、おまえは潜入捜査官《アンダーカバー》ってわけか？」

「――」

「ハリケーン・ロニー？」

「――」

「マンシーニさんに近づくために、なにもかもおまえが仕組んだってことか？　ハリケーンに人殺しの濡れ衣まで着せて？」

「――」

「なるほどな。むかしからおまえは黒人嫌いだったもんな。つながったぜ。アーヴィン・バレンタインを操ってたのもおまえなんだな？」

「――」

理由はわからないが、ここでラッキーボーイが笑った。あまりにも大笑いするものだから、こっちまで楽しくなってしまったほどだ。ブルーノがなにか面白いことを言ったか、行き着くところまで行き着いてしまったか、もしくはその両方だろう。

「なぜいまなんだ？　教えてくれよ、なにか決定的な証拠でもつかんだのか？」

「――」

「嘘だ！　そんなはずはない！」

「――」

「くそったれ、仕込みやがったな!?　汚い真似をしやがって！」

ラッキーボーイは窓辺へいき、壁に背をくっつけて外をのぞいてから、また電話にもどった。クレアが包帯で俺をミイラにしている。

「こっちには人質が四人もいるんだぜ」

「――」

「へぇえ、それで俺は無罪放免ってわけか？」

「――」

「司法取引なんざクソ食らえだ！　なめんなよ、俺をハリケーン・ロニーなんかといっしょにすんな」

「――」

「ハッ、どうせ電気椅子だぜ！」

「――」

「話はこれまでだ。いいか、妙なことしやがったら人質を殺《ばら》すぞ」

「マンシーニもおまえも、もうおしまいさ」口を動かすだけのことがひどく難儀だった。体が冷たい。「ご主人様が吊し上げられりゃ、ボビー、飼い犬だって無事じゃいられないんだぜ」

受話器がたたきつけられる音を聞きながら、俺は目を閉じた。

喉がひどく渇いて目を覚ます。

「パパとママも大丈夫だからね」ラッキーボーイの声だ。「クレアにはお姉ちゃんといっしょに、うさちゃんを連れ出してもらいたいんだ」

「なんて名前なの?」と、これはクレアの声。

「サンパーさ」

俺の体はシーツにくるまれていた。左足の感覚がぜんぜんない。どれくらい気を失っていたのだろう。

受話器がはずされる音。

「いまから子どもを解放する」

「――」

「俺の兎が怪我をしてるから手当てをしてやってくれ」

「おい、どうしようってんだ?」声が出なかった。「おまえひとり残っていったいどうしようってんだよ、ボビー？」

ラッキーボーイはシーツごと俺を抱いて窓辺へいった。女の子たちはもう外階段に出ていた。

「サンパー」四方の建物の屋上、むかいのアパートの窓という窓、クレーン車の上——世界中の人間がラッキーボーイに一発ぶちこんでやろうと待ちかまえるなか、やつは俺の頭を撫でて言った。「あばよ、相棒」

「冗談じゃねぇぞ、手を放しやがれ！」

俺は必死で身をよじったが、それはラッキーボーイの笑みとおなじくらい弱々しかった。

クレアが俺を受けとり、お姉ちゃんといっしょに外階段を下りていく。

男が遠ざかる。

ベイビー・クレアの長い蜂蜜色の髪が、陽に透けて輝いていた。

10

建物はすっかり包囲されていた。

パトカーの無線交信が飛び交うなかを、ブルーノ・ラニエリは制服組の合間をぬって大股でやってきた。やつは制服組とおなじにおいがした。俺はまたひとつ賢くなった。ドン・コヴェーロたちがよく口にしていた「犬のにおい」とか「豚のにおいがぷんぷんするぜ」の犬や豚とは、こいつのような人間のことだったのだ。

ブルーノはクレアたちに近づき、部屋のなかの様子を尋ねた。お姉ちゃんが質問に答えているあいだ、クレアは静かに俺を抱いていた。「お父さんとお母さんがなかにいるんだね？」、「はい」、「ふたりはなにか持病はあるかい？」、「いいえ」、「ドアの近くで縛られてるんだね？」、「はい」、「犯人の男はどうだい？　ひどく興奮してる様子は？」、「わかりません」、「とても怖かったです」、「拳銃を持ってるんだね？」、「はい」、「ほかには？」、「どこか怪我はしてない？」、「してません」

「お嬢ちゃんは？」と、今度はクレアに顔をむける。「どこか痛いところはない？」

「サンパーが怪我をしたの。早くお医者さんのところに連れてってあげなくっちゃ」

「大丈夫」ブルーノはクレアから俺をとり上げた。「さあ、きみたちは車のなかで休んでるといい。ジュースでもどうだい？」

クレアたちが制服に連れ去られると、ブルーノは俺をパトカーのボンネットの上におき、どこかへ携帯電話をかけた。

「やあ、シンシア」

「――」

「うん、もうすぐ終わると思う」

「――」

「いや、七時の予約でいいよ。あそこのポーターハウス・ステーキは最高だからね」

「――」

「ハハハ、そうだね」ブルーノは近づいてくる制服に手まねきし、愛してるよ、と送話口にささやいてから通話を切りあげた。「狙撃班は待機してるな？」

「はい」と、制服が敬礼した。

「だれが指揮をとってる？」

「ディラン警部です」

「ディランか。ボビー・ヴォーンが出てきたら射殺するように伝えてくれ」

「しかし……」

「やつがなぜラッキーボーイと呼ばれてるか知ってるか？」

「いいえ」

「やつは十三件のコロシの容疑者だ。いっせいに撃て。とり逃がすわけにはいかん」

「わかりました」

「それから、ここから西十二丁目まではどれくらいかかるかな？」

「ラッシュ時ですからね。でも、三十分みてたら大丈夫ですよ。奥さんと待ちあわせですか？」

「潜入捜査をしているあいだはぜんぜん会えなかったんでね、かれこれ二年ぶりさ」

「お疲れさまでした」

「まったく大変な任務だよ。とくにふたつの組織を反目するように仕向けるのはね。だけど、だれかが正義を守らんとな。この国には悪を恐れない者がちゃんといるってことさ」

「この兎はどうしましょうか？」

「兎がどうしたって？」一瞬、ブルーノは相手がなにを言っているのかわからないみたいだった。「おお、そうか！」

「は？」

「ジョルジ・マンシーニがボビー・ヴォーンに不信感を抱くようになったのは、この兎公のおかげなんだ。それで、俺をさしむけた。家捜しをしたら、例の盗聴テープが出てきたってわけさ。俺のにらんだとおり、やっぱりボビー・ヴォーンが隠してたんだ。おおかた、いつかジョルジ・マンシーニにゆすりをかけるつもりだったんだろう」

「それで警部、テープはどこに？」

「どこにあったと思う？」ブルーノは俺に片目をつぶってみせた。「こいつのベッドの下さ」

むかしむかし山があったそうな
山には寺があった
和尚が小坊主に言ったとさ
むかしむかし山があったそうな
山には寺があった
和尚が小坊主に言ったとさ
むかしむかし山があったそうな
山には寺が……

つぎに目を覚ましたとき、俺はすっかり元気になっていた。まあ、足の傷がふさがってしまったなんて奇跡が起きたわけじゃないが、痛みはもうぜんぜんなかった。

空が青い。

雲ひとつない。

燦々《さんさん》と降りそそぐ午後の光が、そこかしこではじけていた。

体を動かしてみると、ちゃんと動いてくれた。パトカーのボンネットから跳び下りる。着地したときに、ちょいところんでしまった。それで傷口からまた血が流れた。古い血が固まって毛がごわごわしている。やはり痛みはない。

「ちゃんとわかってたぜ、このジョニー様がこれしきのことでくたばるはずがねぇってな」

痛みはなかったが、ないといえばないものだらけだった。制服どもはそこらじゅうにいたし、無線でなにかやりあったりしているが、あたりにはなんの音もなかった。ボリュームをしぼったテレビを見ているみたいだった。

そして、においだ。車の排気筒から立ちのぼる煙、だれかの吐いた唾、こぼれたコーヒー、無数の革靴。においはちゃんとそこに見えているのに、なにもにおわない。においのない世界は色彩まで心もとなかった。パトカーの回転警告灯、ライフルに装填される真鍮の弾丸、窓から突き出された人間たちの顔、風にゆれる緑色のカーテン、舞い上がる鳩たち――なにもかもが漂白に失敗した風景のなかで消えかけている。空の青さだけが、ひどくありのままだった。

俺は人間どもの脚のあいだをくぐりぬけた。ほどけた包帯を引きずって。途中で大きな靴に踏まれ、手が変な具合に折れ曲がった。

「ひゃっほーい、ちっとも痛くねぇや!」

這い進んだ。

パトカーにブロックされて、建物の前にはちょっとした広場ができていた。そこへのろのろ這い出ていく俺を見て、だれかがなにか言った。それについてだれかがなにか言い、またたれかなにか言った。言いたいやつには言わせとけ。

広場を横切り、階段をよじのぼって建物へ入る。兎の身には大変なことだった。ドアの陰にライフルを持った黒ずくめの男がいた。男は俺を見て、とてもびっくりしたみたいだった。本物の男を目にすれば、だれだってびっくりするものなのだ。

なかの暗さに眩暈をおぼえ、しばらく目を閉じる。

暗闇のなかで身を起こすと、ハコヤナギの綿毛が燐光を発しながら舞い上がった。

俺は暗黒の天空を見上げ、メッセージの断片のように降りしきる白い綿毛に鼻をひくつかせた。

「おい、酒を売ってくれ！」

どこか遠くで、さもなければ耳のすぐそばで、だれかが呼ばわった。

俺は戸惑い、足をトントンさせたい衝動を懸命にこらえた。耳を澄ますと、怒りとか悲しみによく似た福音が闇を満たしてゆく音が聞こえた。それは、やさしい衣擦れのような音で。

俺は広漠とした闇にむかって叫んだ。「今日、おしまい」

「俺だよ、ビリー」闇が名乗った。「ジョニーだ」

「ビリーさん、家に帰りました」

「そうか、あんた新入りだな？」その声には安堵と苛立ちがまぎれていた。「ちょっとこのシャッターを開けてくれよ」

「だめ」俺は自分もジョニーだということを闇に気取られないように声色を使い、しゃべり方を変えた。なぜだか、そうするのが正しいような気がした。闇には正体を明かしてはならないのだ。「ビリーさん、言った。ここ、悪い兎、いっぱい。シャッター、開ける、だめ」

「あんた、どっからきたんだい？」

「ホンコン」と、とっさに口走ってしまった。

「それってどこにあるんだい？　日本の近く？」

「ずっと、ずっと、遠いところ」

「へぇえ、なにかめずらしい話のひとつでもないのかい？」

めずらしい話。俺はすこし迷ったが、闇の要求に応えてやることにした。闇を怒らせたくなかったのだ。俺は話した。いつか、どこかで聞いた小噺を。

すると、闇が心底愉快そうに笑った。

だから俺は、このジョニー・ラビットは自分がどこにいるのかがわかった。そこはいままで一度も足を踏み入れたことがなく、だけど生きとし生けるものならみんなよく知っている場所なのだった。

「ちくしょう、そういうことか」薄目をとおして青い空が見えた。「ああ、俺は無意味だ」

終幕

ジョニー・イン・ザ・ブルー・スカイ

JOHNNY IN THE BLUE SKY

体が持ち上げられるような感じ。

目蓋がピクリとも動かない。

「つぎに生まれ変わったら、俺が人間でおまえが兎だ」その手のぬくもり、幸せな心臓の鼓動。「そしたらな、またいっしょにまちがったことをくりかえそうぜ」

俺を抱く手に力がこもり、俺たちは歩きだす。

稲光が走り、大地を引き裂くほどの雷鳴が轟く。ぬけるような青空がくずれ、かたむき、そして――

落ちる。

窓の外を流れてゆくのは、見渡す限りのリコリスの花。

俺を、このジョニー・ラビットを乗せたムカデは大きくて力強い毒顎を閉じたり開いたりしながら、まるで水をかくように花をかき分けてゆく。

彼方に大きな樹が見えてくる。

千年も生きてきたようなその樹の下で、ソフィアが子どもたちといっしょに雨宿りをしている。

〝勃ちっぱなし〟・エディや博士もいる。

雨の雫はあざやかな緑色の葉をつたい、したたり、つぎつぎに大地で砕けては、小さな光を解き放つ。

バーテンのロイ、ディーディー・ザ・〝フランダースの巨人〟、酒屋のビリー、屑ひろいのトビー、ブルース歌いのエッタ、ホンコンの兎――

見上げると、黒い雲が風に飛ばされ、青空がのぞいている。

雨が告げるやさしい別れを聴きながら、俺はみんなのほうへ歩きだす。

雷はもう、ずっとむこうに遠ざかっている。

解説

仲俣暁生（文芸評論家）

第一回の『このミステリがすごい！』大賞において『逃亡作法――TURD ON THE RUN』で大賞銀賞と読者賞を獲得し、華々しくデビューした東山彰良という作家にとって、兎という動物はとても身近な存在だったようだ。

日本推理作家協会のウェブサイトに公開されている「脱兎のごとし」と題された同協会への入会あいさつのエッセイを、東山は「これまでの人生、逃げの一手だったような気がします」と切り出している。軽妙な筆致でデビューに至るまでの自分の半生を面白おかしく紹介しつつも、ここで書かれている次の言葉には実感がこもっていた。

「中途半端な逃げ足じゃダメだということ。覚悟もなく逃げたら、たちまち現実に追いつかれてしまうということ。現実に追いつかれるたびに、状況は確実に悪くなっていくということ」

　小説という表現が「現実からの逃亡」の純粋形態だとしたら、この発言は次のように言い換えられるかもしれない。

「中途半端な小説では現実に追いつかれる。そうしたら状況は確実に悪くなる」

　過去の発言からみても、兎という獣を主人公に据えた本作『ジョニー・ザ・ラビット』が、並々ならぬ決意のもとに書かれたことがわかる。そして先回りして言ってしまえば、この作品は現時点での、東山彰良が書いた最高の作品のひとつである。


　兎は逃げ足の早さだけで生き延びてきた獣だ。兎は人間のペットになることもあるが、犬や猫とは異なる関係を人間と切り結んできた獣でもある。ときには愛玩され、あるときには食材となるという、人間にとって両義的な存在である兎が、彼らの側から人間を見たときの「愛」とは何か。世界の中心というよりはずっと底辺に近いところで、小さな声で「愛」を叫んだ獣——この小説は、そんな兎たちに捧げられた挽歌なのだ。

　飼い主だったマフィアのドン、カエターノ・コヴェーロを殺され、朝顔酒《モーニング・グローリー》を飲みつつ悲しみにくれる毎日を送っている兎の探偵ジョニー・ラビットのもとに、ある日、人捜しならぬ「兎捜し」を依頼しに美しい黒兎がやってくる。ソフィアと名乗る、その黒兎といきなりファックをかましたジョニーは、自分の「弟」であるテレンス（テリー）の行方を捜してほしい、という彼女の依頼を引き受ける。ハードボイルドの常道をふまえ、そのまま話が進展するかと思いきや、ジョニーの行動はたちまち、依頼された探偵仕事の範囲を逸脱しはじめる。そう、「脱兎」という言葉のとおり、この物語には最初から最後まで「脱」の一字がつきまとうのだ。

ソフィアが信仰する「兎の復活教会」の牧師ラビットと対峙し、「神は人間の姿形などしていない！」とは言えても「神は兎の姿をしている」と言い切れない彼らの教義の微温を、ジョニーは徹底的に批判する。人類の絶滅という、より過激な教義を奉じる「サバトの黒兎」なる集団の存在もやがて明らかになり、ジョニーは兎と人間と神の関係をめぐる教理問答に深く巻き込まれていく。

ドン・コヴェーロを殺したジョルジ・マンシーニ（当然、人間である）は「マンシーニ電力」の総帥である。マンシーニ電力の原子力発電所一号機は「サバトの黒兎」によって「再会の樹」と名付けられ一種の聖地となっていたが、満月の夜に兎たちは、その聖なる「樹」の近くで大量死を遂げる。いっぽう人間たちの世界では、環境保護団体の活動家モー・モンゴメリーが暗殺され、その後継者におさまったアーヴィン・バレンタインはギルバート・ロス上院議員に、原発をめぐる極秘情報を渡そうとする。小さくて無力な兎でありながら、死んだコヴェーロと同様、自分も「マフィオーソ」の一員であるとの自負をもつジョニーは、この混沌とした状況の中に身を投じていく。

こうした生々しい展開から、この小説が、可愛らしい兎ちゃんを主人公にした、ありきたりな寓話ではないことがわかりはじめる。しかし同時に、この小説は「兎というメタファーによって現代社会の矛盾を告発した物語」でもない。「スズラン谷」「シクラメン通り」といった、いっけん可憐にみえる地名は、ただ思わせぶりに花の名がついたファンタジックな場所などではなく、兎にとってのリアルな「何か」を意味する場所なのだ。人間の目にはコミカルに見える場面（いきなりのファック、足をトントンさせる、など）も、ウサギ的リアリズムからすれば少しも笑いごとではない。

このように、この小説は——兎の視点からではあるが——徹頭徹尾、リアリスティックに書かれている。兎と人間にとっての時間の流れのギャップがしつこいほどに言及されるのも、ウサギ的リアリズムを維持するためだ。この小説では兎が擬人化されているのではなく、むしろ、ある種の人間類型が「擬兎化」されている、といったほうがいい。

それがどのような連中であるかは、もはや言うまでもないだろう。東山彰良がデビュー作の『逃亡作法』いらい繰り返し描いてきた、社会の底辺付近にいながらも、そこから上昇し「離脱」することを願わずにいられない、泣きたくなるほどロマンチックなチンピラたちである。ジョニーやテリーは、「兎であること」の限界を突破しようとしたがために、みずから不幸になっていく。いっそ上昇志向などもたず、「人間になりたい」などと考えさえしなければ、「兎であること」に安住できたはずなのに。

「花は桜木、男はジョニー」とうそぶき、女兎とのファックに余念のない主人公ジョニーも、人間に対する関係では、自分が女のような立場にいることに気づいている。前の飼い主であるドン・コヴェーロの殺害に手を染めた、仇敵であるはずのラッキーボーイ・ボビーの懐にジョニーが飛び込むのは、復讐の機をうかがうためばかりとは言えない。兎であることの本能が、敵味方という関係とは別に、「飼い主」を求めてしまうのだ。自分はラビットなのか、それともバニー（うさちゃん）なのか。両者の間で揺れ動くジョニーの心がたまらなく切ない。

ジョニーが自らの「兎性」に自縄自縛となって――彼の言葉で言い換えれば「こんがらがって」――いくという、かなり救いのない話を、一見ファンタジックな寓話にみせかけつつ、悲壮さをみじんも感じさせずに描ききったことが、この小説の最大の魅力である。『ジョニー・ザ・ラビット』は、現実からもっとも遠くへ逃げ去ることで、ほかならぬその現実を撃つという小説のマジックが最大限に詰まっている傑作であることを、ここに断言しよう。

この作品の文庫化は、二〇一一年三月一一日に東北地方から北関東にかけた地域を襲った大震災と、福島第一原子力発電所の大事故の直後に行われることになった。原子力発電所を信仰の対象としてきたのは「サバトの黒兎」たちだけではない。この物語では兎のジョニーの視点からしか描かれないが、この小説の舞台となる世界でも、人間たちは、兎たち以上に愚かで弱い存在であることが示唆されている。
おまえはラビットなのか、それともバニーなのか。
同じ問いは人間たちにも向けられている。

この作品はフィクションです。
実在の人物、団体等には一切関係ありません。
本書は書き下ろし作品です。

双葉文庫

ひ-13-01

ジョニー・ザ・ラビット

2011年6月19日　第1刷発行

【著者】
東山彰良
ひがしやまあきら

【発行者】
赤坂了生
【発行所】
株式会社双葉社
〒162-8540 東京都新宿区東五軒町3番28号
［電話］03-5261-4818(営業)　03-5261-4831(編集)
www.futabasha.co.jp
（双葉社の書籍・コミックが買えます）
【印刷所】
大日本印刷株式会社
【製本所】
株式会社若林製本工場

【表紙・扉絵】南伸坊
【フォーマット・デザイン】日下潤一
【フォーマットデジタル印字】ブライト社

落丁・乱丁の場合は送料双葉社負担でお取り替えいたします。
「製作部」宛にお送りください。
ただし、古書店で購入したものについてはお取り替えできません。
［電話］03-5261-4822(製作部)

定価はカバーに表示してあります。

ISBN978-4-575-51438-4 C0193
Printed in Japan